# LE PORTRAIT,

## OU

# LA VALLÉE

## DES TOMBEAUX.

DE L'IMPRIMERIE DE COUSIN-DANELLE, RENNES.

# LE PORTRAIT,

## OU

# LA VALLÉE

## DES TOMBEAUX,

PAR L'AUTEUR D'ARMAND ET ANGÉLA.

—•—•—•—•—•—•—•—•—•—•—•—•—•—•—

## TOME SECOND.

—•—•—•—•—•—•—•—•—•—•—•—•—•—•—

## PARIS,

CHEZ BÉCHET, LIBRAIRE, QUAI DES AUGUSTINS,
NUMÉRO 63.

1814.

# LE PORTRAIT,

## OU

# LA VALLÉE

## DES TOMBEAUX.

## CHAPITRE PREMIER.

Lorsque le pieux ministère de bienfaisance que M. de Norlis avait à exercer fut rempli, et que le meilleur des hommes eut assuré le sort d'une famille entière, il revint au pavillon de la forêt le cœur rempli de cette douce joie que cause toujours à l'homme de bien le souvenir d'une bonne action.

Ambrosio et sa fille reçurent le comte de Norlis avec les expressions franches du plus tendre sentiment ; toute inquiétude, toute défiance, toute crainte, étaient bannies du cœur du malheureux Ambrosio ; il n'avait eu besoin que d'entendre Gustave, pour avoir été convaincu que la trahison ne parlait pas un tel langage.

La tendre Mélica savait depuis long-tems apprécier le mérite de son amant ; le cœur du père et de la fille furent donc à l'unisson pour accueillir M. de Norlis.

Après les premières questions sur le triste évènement qui avait nécessité le départ de Gustave, ses amis le conjurèrent d'achever l'intéressante histoire que le malheur du pauve Jugnot avait si cruellement interrompue.

Puisque vous avez la bonté, reprit le jeune comte, de permettre à la douce confiance de s'épancher devant vous, je vais reprendre sans autre préambule le récit simple et sans art de mes sensations, de mes désirs, de mes espérances; car les premiers beaux jours de ma vie ne se composent guère que de cela. J'étais dans ce rêve exatique d'une imagination brillante qui répand des fleurs sur tout ce qu'elle touche, lorsque je reçus la lettre du duc de Mandoff et l'envoi du portrait mystérieux; j'ignorais alors qu'il eût été substitué à une image encore plus belle.

Si j'ai bien réussi à vous peindre l'état dans lequel était mon ame, alors vous pourrez juger de l'effet que durent produire sur moi les paroles artificieuses du plus traître des hommes, et la vue de cette femme voilée, qui n'apparaissait à mes regards qu'environnée du double charme du malheur et du mystère, ces emblêmes de jeunesse, de verdure, de fleurs et d'amour, contrastant avec ceux de la proscription, de l'exil et de la souffrance.

Je fus entraîné, subjugué, ravi; je voyais satisfaits à la fois tous les rêves de mon imagination et tous les désirs de mon cœur; je touchais au moment délicieux d'aimer, car je connaissais le pouvoir de la beauté sur mon ame ; je me flattai de l'être, car je ne doutais point de l'empire de la reconnaissance sur le cœur d'une femme sensible. Je me livrai donc au sentiment qui me dirigeait, et je partis pour le Montanvert.

Je croyais y arriver pour rendre un service ; je devais y être l'objet d'un bienfait : vos soins généreux me sauvèrent la vie, noble Ambrosio ; je vis à genoux près du lit de douleur la céleste Mélica, et avant d'avoir recouvré le sentiment de mon existence, je crus être en présence de ces anges de l'Eternel qui portent sans cesse, sur leurs ailes rapides, les bénédictions du ciel à la terre consolée.

En revenant à la vie je ne changeai point d'idée. J'appris à mieux connaître Mélica , et je crus toujours voir un ange.

Ce fut dans ces heureuses journées que je passai près de vous , dans le sanctuaire de la belle nature et sous le toit de la vertu , que je sentis tout le charme d'une existence qu'embellissaient également l'amour et l'amitié.

Une seule chose cependant troublait mon bonheur ; c'était la ruse dont je m'étais servi pour vous cacher mon nom et ma famille ; mais le duc de Mandoff l'avait exigé ; je croyais vous servir encore plus que lui, en m'enveloppant des ombres du mystère. Que cette pensée me justifie à vos yeux. La perte du portrait mystérieux dévoila une partie de mes secrets à l'arbitre de mon sort. Le duc Arnoldy vous était suspect et avec raison; je fus enveloppé dans la juste haine qu'il vous inspirait. Je perdis le bonheur au moment où vous abandonnâtes le Montanvert.

Instruit par une fatale expérience, répondit Ambrosio, je connaissais le duc de Mandoff; vos liaisons avec lui me firent vous redouter. Des avis secrets de Léodgard m'avertissaient que la haine n'avait pas perdu l'espérance de découvrir mon asyle et de causer ma perte. Je crus voir dans votre arrivée au Montanvert la confirmation des soupçons dirigés contre le duc de Mandoff, et je tremblai sur mon sort. Dans ce moment d'alarmes, je reçus une lettre du fidèle Wasky, le seul ami que le ciel m'eût conservé dans ma

disgrâce. Wasky, forcé par la haine
de quitter sa patrie, était venu se
réfugier en France, auprès de vous,
Gustave ; votre bonté l'accueillit ;
votre château fut son asyle. Pénétré
de votre bienfaisance, il m'écrivait
souvent pour m'engager à mettre
une distance plus grande encore
entre mes ennemis et moi , et
m'offrait de partager avec nous le
toit hospitalier qu'il tenait de votre
générosité. Voulant vous fuir sans
m'expliquer , j'acceptai les offres
de Wasky, et ce fut dans les terres
du comte de Norlis que j'allai chercher un refuge contre les préten-
dues atteintes du faux Médavy.
O! qui m'eût dit alors que je retrou-
verais dans l'asyle que je choisis-
sais ce même homme qu'en dépit
de mes craintes mon cœur chéris-
sait !

En entendant ces dernières paroles de son père, un souris enchanteur vint errer sur les lèvres de rose de la tendre Mélica, et un doux regard jeté sur son père lui exprima combien son affection pour Gustave la rendait heureuse.

Le comte de Norlis reprit d'une voix émue : Lorsqu'à mon retour de Salanches je me trouvai seul sur la roche glacée, la nature ne fut pas plus triste ni plus sombre que mon cœur ; tous mes rêves enchanteurs étaient évanouis, toutes mes illusions détruites, et les rians prestiges qui m'avaient séduit faisaient place à la plus triste réalité. J'étais seul sur la terre et seul avec mon amour ; revenir était impossible ; je n'avais plus ni pont ni barque pour rentrer dans cette île

tranquille de l'indifférence que
j'avais eu tant d'empressement de
quitter. Il me fallait, triste voya-
geur, lutter sur la mer orageuse
de l'amour sans pilote, sans gou-
vernail et sans étoile conductrice.
Que dis-je ? n'avais-je pas toujours
la vertu ! et qui pouvait m'enlever
son divin secours, si moi-même je
ne m'en rendais pas indigne ?....

## CHAPITRE II.

COMME j'ignorais les vues coupables du duc de Mandoll', je me rendis à Naples pour l'instruire de votre départ, seigneur. Cette nouvelle lui dévoila une partie de vos secrets ; il ne daigna point m'en instruire, et me chargea d'une mission auprès du comte Léodgard de Mandoff, prisonnier par l'ordre de son oncle dans le château d'Arnoldy.

L'infortuné ! interrompit avec douleur Ambrosio ; le zèle qu'il mettait à chercher les moyens de faire triompher ma cause, et de publier mon innocence, l'aura rendu odieux à mon persécuteur.

Comme j'ignorais alors, reprit Gustave, que chaque parole du duc de Mandoff renfermait un piège, et chaque action un crime, j'obéis; mais d'après le calcul de cet homme perfide, je n'arrivai auprès de sa victime que quelques heures après sa mort.

Comment ?... Que voulez-vous dire, interrompit Mélica? et de quelle victime voulez-vous parler?

Du comte Léodgard de Mandoff, assassiné au château d'Arnoldy!

Se pourrait-il, grand dieu! Infortuné Léodgard! Mais comment savez-vous cette affreuse nouvelle, demanda le sensible Ambrosio en pâlissant?

Voici, reprit Gustave, en tirant de son sein la tablette d'or, l'aveu même du meurtrier.

A peine les yeux d'Ambrosio se furent-ils fixés sur l'écrit anonyme, qu'il s'écria : O puissance du ciel! vengeresse du crime et protectrice de la vertu, je te rends grâce ; car tu protèges l'homme de bien injustement accusé : avant que ton brillant soleil ait éclairé ma dernière heure, celui de ta justice va dissiper les nuages dont les méchans ont obscurci mon existence. Olympia vit ; elle n'a point succombé sous le fer assassin. O ma fille ! ma douce Mélica ! c'est toi qui as été pour ton père l'ange de la réconciliation : oui ce sont les prières

**

de l'innocence qui m'ont obtenu cette faveur céleste.

En entendant des paroles si douces pour son cœur, Mélica, baignée des plus douces larmes, vint se précipiter dans le sein d'Ambrosio. Le comte de Norlis, au comble du bonheur, se jeta aux pieds du père et de la fille. Oui, leur dit il, Olympia vit; elle a beaucoup souffert; mais elle est désormais à l'abri de la cruelle atteinte de son persécuteur : c'est moi qui ait protégé sa fuite, accompagné ses pas et veillé sur son sort. Aussi long-tems que j'ai tremblé pour sa vie, je ne l'ai point quittée ; quelque chose disait à mon cœur ému à son aspect que je devais la soigner comme une seconde Mélica.

En effet, répondit la fille de

l'exilé, Olympia m'est bien chère, et son malheur a souvent fait couler mes larmes.

Les premiers beaux jours de notre vie se sont écoulés ensemble; le ciel paraissait alors sourire à nos innocens désirs, et rien n'égalait notre tendre amitié, si ce n'est le bonheur dont nous jouissions ensemble.

Ces jours de paix et de confiance vous seront rendus, n'en doutez point, reprit le comte de Norlis. Hélas! Madame, si vous daigniez lire dans mon cœur et entendre mes vœux, le libérateur d'Olympia connaîtrait aussi le bonheur, puisqu'il ne vous quitterait plus.....

En entendant ces paroles, Mélica rougit et se troubla; mais il était aisé de lire sur sa charmante figure que ce n'était pas le chagrin qui l'agitait. Ambrosio lut dans son ame, et voyant bien que la pudeur unie au devoir empêchait seule Mélica de répondre à Gustave, il prit la parole. M. le comte, dit-il, si mes aveux eussent précédé votre demande, elle serait simple; aujourd'hui elle est généreuse, puisque vous ignorez encore le nom, le rang et la situation de la famille dans laquelle vous voulez choisir votre compagne Vous aimez ma fille; il y a long-tems que je m'en suis aperçu. Pendant votre séjour au Montanvert, cette découverte m'affligea; car je croyais alors votre naissance aussi obscure que l'état que vous sembliez exercer : d'ailleurs, à cette époque, eussiez-vous déchiré à tems le voile qui me ca-

chait votre véritable origine, je
n'aurais pu encourager vos feux;
la main de Mélica était promise depuis le berceau à Léodgard, comte
de Mandolf. Demain, lorsque je
vous raconterai ma déplorable histoire, vous saurez les raisons puissantes qui m'avaient déterminé à
choisir le neveu d'Arnoldy pour
être l'époux de l'héritière des ducs
de Bellozane : actuellement ma
parole est dégagée; mes devoirs
sont remplis; Léodgard n'est plus;
il est mort sans doute victime de
son amour extrême pour Mélica
et de sa pitié sur mon sort : don-
nons un soupir de regret à son
malheur et des larmes à sa fin prématurée. Ensuite, ma chère Mélica, lorsque vous aurez rendu à
son père la gloire, le bonheur et

une patrie, vous donnera en retour cette félicité pure et inexprimable qu'on ne trouve qu'auprès
d'une femme vertueuse, sensible
et belle; mais de grâce, Gustave,
daignez achever l'intéressant récit
interrompu tant de fois.

Le comte de Norlis le reprit
d'une voix moins assurée; car il
était malheureux de songer qu'il
ne pourrait s'unir à son amante
qu'après avoir fait un autre voyage
à Naples; mais voulant satisfaire
la juste curiosité d'Ambrosio et de
sa fille, il fit passer sous leurs yeux
le rapide détail de tous les évène-
mens consignés dans le premier
volume de cet ouvrage.

Lorsque la narration de M. de
Norlis fut entièrement finie, Ambrosio le loua beaucoup de la ma-

nière ferme , noble et généreuse
avec laquelle il s'était conduit dans
les différentes occasions où il s'était
trouvé; ensuite Ambrosio , qui brû-
lait du désir de revoir sa patrie et
de recouvrer ses droits à l'estime
de son souverain, conjura Gustave
de se tenir prêt à partir pour l'Italie
immédiatement après qu'il aurait
entendu le récit de ses malheur.

Demain, lui dit cet homme infortuné , je confie à votre foi le secret
de ma vie entière, demain il n'y
aura plus de réserve, de mystère
entre nous, et l'amant généreux de
Mélica deviendra aussi l'arbitre du
sort de son père. Si grâce à vos
soins il s'adoucit, mon cher Gustave , vous aurez travaillé à votre
propre bonheur en travaillant à ma
gloire. Avec quelle douceur je con-

fierai à mon protecteur le soin de
ma fille !... Quel repos pour mon
cœur, agité depuis si long-tems,
de pouvoir me dire : La plus parfaite des femmes a pour guide et
pour soutien dans la carrière épi-
neuse de la vie le plus généreux
des hommes !

Après avoir prononcé ces derniers mots avec exaltation, Ambrosio s'arrêta : il voulait une réponse d'approbation; Gustave n'eut
point la force de la faire, car ce
nouvel arrangement consternait
M. de Norlis.

Il sollicita, mais en vain, la faveur d'unir son sort à celui de la
fille de l'exilé avant que l'innocence
d'Ambrosio ne fût reconnue. Lorsqu'elle sera remontée, disait Gustave, au rang qu'elle n'auraitjamais

dû perdre, de quel prix seront pour Mélica les titres et la fortune que je lui offris au jour de la proscription?

Vous êtes aimé, reprit Ambrosio, et vous demandez de quel prix sera votre hymen pour ma fille! Insensé Gustave! croyez-vous que le cœur passionné d'une italienne puisse se détacher ainsi? Mélica vous aimait avant même de savoir si elle serait payée de retour. Ah! c'est plutôt la force et la puissance de ce même amour que vous devez redouter, et non son indifférence.

Mais, seigneur, reprit Gustave, si quelqu'obstacle imprévu allait tout à coup élever une barrière entre vos droits et mon amour, si vous usiez des uns pour traverser l'autre, Mélica vous adore, et....

Vous n'avez rien à craindre, reprit Ambrosio avec impatience : vous eûtes autrefois un rival dans ma volonté; c'était Léodgard. Je l'aimais comme un fils ; s'il eût vécu et que son heureux génie, en le conduisant sur les traces d'Olympia, lui eût procuré les moyens de me rendre ce que je vais vous devoir, une patrie, un rang et des honneurs, je vous l'avoue, je n'aurais pas balancé à lui donner la préférence sur un étranger qui m'était naguère inconnu. Mais Léodgard a payé de sa vie un amour constant qui lui fut bien fatal; ma fille ne doit à sa mémoire qu'un soupir de regret et une larme de reconnaissance ; je ne doute pas qu'elle n'ait acquitté ce tribut sacré pour toutes les ames sensibles. Actuellement elle est libre, et lorsque vous aurez rendu son père au bonheur, à son tour Ambrosio reconnaissant s'occupera du soin si doux pour son cœur d'assurer la félicité de ses enfans.

## CHAPITRE III.

LE lendemain, le comte de Norlis se rendit au pavillon de la forêt aussitôt que la bienséance le lui permit.

En revoyant Mélica, Gustave oublia pour un instant qu'il allait encore se séparer de cet objet adoré. Le bonheur et la paix rentrèrent dans son ame; le passé, l'avenir, tout s'effaça de son imagination : il ne pensa qu'au bonheur d'être aimé de cette femme parfaite, dont le malheur avait fortifié la raison sans détruire la sensibilité, et qui unissait aux vertus du sexe fort les grâces du sexe faible.

Après un déjeuner aussi simple que frugal, Ambrosio, adressant la parole à Gustave, lui dit avec expression : Vous avez paru désirer de connaître l'histoire de mes malheurs et la cause de ma longue proscription ; je sens moi-même que voulant vous unir à l'héritière des ducs de Bellozane, vous avez des droits à une confiance entière de ma part. Prêtez - moi donc, mon cher comte, une oreille attentive. Vous n'entendrez que des paroles de vérité, sans aucune déclamation ; je laisserai aux faits que je vais vous retracer le soin de parler en ma faveur.

Je suis né à Naples, dans le palais des ducs de Bellozane.

Unique rejeton de cette famille illustre, je perdis au berceau les auteurs de mes jours. Sans proche parent du côté de mon père, je restai sous la tutelle du prince Ludovico Manfrédy, mon oncle maternel. Je n'eus qu'à bénir le jour heureux où l'homme respectable qui devait me servir de père m'adopta pour son enfant. Vertueux, noble, sensible et religieux observateur de ses devoirs, le prince Ludovico Manfrédy avait reçu de la nature et de la réflexion tous les talens nécessaires pour faire une bonne éducation.

Généreux sans prodigalité, bon sans faiblesse et ferme sans dureté, il eut bientôt acquis sur mon cœur et sur ma volonté, naturellement despotique, tout l'empire néces- saire pour diriger mes affections, réprimer mes défauts, et dévelop- per le germe du bien que la nature avait mis en moi.

Je chérissais le prince Manfrédy comme un père, et je le vénérais comme un modèle; j'avais placé toutes mes espérances de bonheur dans la tendresse prématurée que me témoignait sa fille, la jeune et belle Mélica Manfrédy.

Lorsque mon second père eut achevé mon éducation, qui s'était faite entièrement sous ses yeux, il crut nécessaire de m'envoyer à Vérone, pour perfectionner, à la célèbre académie de cette ville, les talens qu'il m'avait donnés.

Cette résolution déchira mon

cœur : il fallait me séparer d'un
père et de Mélica ; je trouvais le
bonheur près d'eux , pourquoi les
quitter, et où puiser assez de force
pour accomplir ce cruel sacrifice?
Le prince, à qui je fis cette réponse,
me conduisit en silence dans l'appartement de sa fille. Mélica , lui
dit-il , retrace-moi le portrait que
tu m'as fait ce matin de l'homme
que tu désirais pour époux.

Mélica , en rougissant , unit ensemble courage, vertus , talens et
reconnaissance.

Lorsqu'elle eut fini , son père,
en se tournant vers moi, me dit :
Eh bien ! Anastasio , trouvez-vous
que mon élève le duc de Bellozane
ressemble à ce portrait?

Pas encore, répondis-je en bais-
sant les yeux.

Pas encore , reprit le prince ;
j'aime cette réponse ; j'y vois la
vérité qui se juge et l'émulation qui
espère. Cependant je vous avais
choisi dans mon cœur pour l'époux
de Mélica , et vous voyez à quel
prix on peut espérer de le devenir.

O mon père ! m'écriai-je , en
tombant aux pieds de Mélica , or-
donnez, que faut-il que je fasse
pour obtenir le bien suprême auquel mon cœur aspire depuis qu'il
palpite à la vue de Mélica ? Faut-il
fuir , m'éloigner de vous , braver la
guerre et ses dangers , la mer et ses
tempêtes , l'étude et ses difficultés,
l'académie et ses épines scolasti-
ques ? Envoyez-moi où vous vou-
drez , exigez de votre élève soumis
tous les sacrifices possibles, pour-

vu que la main de votre adorable fille soit ma récompense, je croirai n'avoir rien souffert.

Le prince sourit, et me relevant avec tendresse, partez, me dit-il, pour Vérone, conservez-y vos vertus, perfectionnez-y vos talens, n'oubliez ni Mélica ni son père, et songez, Anastasio, quelle récompense vous attend au retour dans votre patrie.

Je posai contre mon cœur la main que me tendait Mélica ; j'étais sûr que cette main chérie serait pour ce cœur sensible le plus sûr et le plus puissant talisman,

Le lendemain de cette scène touchante je partis pour Vérone.

J'avais alors dix-sept ans ; je devais en passer quatre dans la superbe académie de cette ville, et revenir ensuite dans ma patrie recevoir la main de la plus belle comme de la plus vertueuse des femmes.

———

## CHAPITRE IV.

En arrivant à Vérone je trouvai deux de mes compatriotes à l'académie de cette ville, Arnoldy et Julianno de Mandoff, qui y avaient été placés quelques mois plutôt par leur père.

Les mêmes motifs que les miens avaient conduit ces jeunes gens à Vérone. Leur famille et celle de mon père avaient toujours eu des relations d'amitié ; il ne s'élevait aucun soupçon désavantageux sur

le compte d'Arnoldy et de Julianno;
ils jouissaient même tous les deux
de la meilleure réputation : je crus
donc pouvoir sans danger répondre
aux avances aimables que le sensible Julianno me faisait. Bientôt
je reconnus en lui tant de vertus,
de talens et de douceur, que je
m'attachai sincèrement et pour la
vie à l'infortuné qui ne devait, hélas! dans son rapide passage sur
la terre, y trouver que des cha-
grins!..

Soit désir de traverser notre
union ou espérance de partager le
bonheur que nous causait notre
amitié, Arnoldy se mit bientôt en
tiers entre nous Habile à démêler
les moyens de plaire et empressé
de les saisir, il se conforma en tout
à la conduite de Julianno, et pen-

dant long-tems je restai convaincu
que le caractère factice de M. de
Mandolf était celui qu'il avait reçu
de la nature.

Flatté de sa prétendue confiance,
croyant à ses vertus, et fier de la
préférence que je croyais qu'il me
donnait sur tous les élèves de l'académie, je partageai bientôt entre
les deux frères l'amitié tendre et
sincère que m'avait inspirée Julianno.

Cependant le tems s'écoulait, et
la conduite d'Arnoldy ne se dé-
mentait point; celle de Julianno,
au contraire, paraissait changer, ou
plutôt son caractère s'obscurcis-
sait de nuages. L'union des deux
frères était altérée; souvent il s'élevait entre eux de fréquentes alter-
cations. Je ne pouvais pas juger des

motifs , parce que leurs discussions
devant moi avaient toujours lieu
en anglais, seule langue vivante
qui me fût étrangère ; mais il m'était
facile de voir que de jour en jour
l'ami de mon cœur devenait plus
triste et plus malheureux. Ne con-
naissant pas le secret de ses pen-
sées, je ne pouvais les adoucir , et
j'étais aussi triste que Julianno lui-
même.

Cependant, le tems que je devais
passer à l'académie de Vérone
s'écoulait trop lentement à mon
gré ; celui destiné aux études de
mes deux amis était fini : ils étaient
prêts à retourner à Naples. J'allais
perdre Julianno , et rester bien
long-tems encore éloigné de Mélica ; j'étais au désespoir, lorsque
je reçus une lettre charmante de

mon oncle, qui m'engageait à ter-
miner mon cours d'études, et à venir le plus tôt possible à Pompéïa.
Votre conduite m'enchante, me
disait le prince; la renommée m'a
instruit de vos talens : je connais
vos vertus; Mélica sait qu'elle doit
en être la récompense, et son père
désire de hâter l'instant qui doit
vous unir; venez donc, mon cher
Anastasio, rejoindre une famille
dont vous faites la gloire, et dont
vous êtes la seule espérance.

Cette lettre m'enchanta. L'idée
de ne pas quitter Julianno et de
revoir Mélica me parut le bien
suprême. Je fis part à mes deux
amis du changement arrivé dans
mon sort : Arnoldy m'adressa un
compliment contraint et embar-
rassé; son frère me serra joyeuse-

ment contre son cœur, en me disant : Quel bonheur ! nous ne nous séparerons plus. Peu de jours après nous quittâmes tous les trois l'académie de Vérone, pour revoir la superbe Parthenope.

Arrivé à Naples, j'y trouvai le prince Ludovico qui m'y attendait pour me conduire à la villa Manfrédy, où résidait ma future compagne. Témoin du regret qu'éprouvaient mes amis en se séparant de moi, mon oncle offrit aux deux héritiers du duc de Mandoff de nous suivre à Pompéïa. Prévoyant bien peu quelles seraient les suites funestes qu'aurait pour moi l'arrivée d'Arnoldy et de Julianno à la villa Manfrédy, j'insistai auprès de mes deux compagnons d'étude, pour leur faire ac-

**⁎⁎**

cepter l'offre obligeante de mon oncle. Nous n'eûmes pas lui et moi besoin d'employer de grands argumens, pour engager les jeunes de Mandoff à nous suivre ; ils avaient hélas ! tous les deux des motifs assez pressans pour que nos vœux fussent aussi ceux de leurs cœurs.

Pour l'intelligence des détails qui me restent à vous faire connaître, il faut que vous sachiez que le prince Manfrédy, resté veuf fort jeune, avec un enfant au berceau, et décidé à ne jamais contracter de nouveaux nœuds, avait choisi, à l'époque de la mort de la princesse Manfrédy, une veuve respectable, pour faire sous ses yeux l'éducation de Mélica.

La signora Octavie Brunetto, privée de fortune et d'appui, n'avait

pour tout bien sur la terre qu'une
fille unique, qui promettait d'être
un jour aussi belle que sa mère,
mais aussi pauvre. Le prince Ludovico, touché des malheurs de
l'une et de l'autre, prit la signora
Octavie sous sa protection, et résolut d'adopter sa fille, la jeune
et charmante Constantia. Compagne
de ses jeux et amie de son enfance,
la petite Brunetto devint si chère
à la tendre Mélica que cette jeune
personne jouissait auprès de ma
cousine des mêmes prérogatives
et des mêmes plaisirs. A mon retour de Vérone, je fus témoin
de cette intimité. Sans oser la blâ-
mer, j'en fus affligé. Constantia,
née dans un état obscur, sans aïeux
et sans fortune, avait contracté
auprès de l'héritière des princes

Manfrédy un orgueil et un esprit
d'indépendance qui ne convenaient
ni à son état présent, ni à celui
qui devait être son partage dans
l'avenir. Belle et fière, remplie de
talens et de vertus, n'ayant jamais
connu ni les mépris qui suivent la
misère, ni les dédains qui sont le
partage de l'obscurité, Constantia,
sous l'égide de la puissance modeste, croyait pouvoir prétendre
à égaler un jour celle qui ne l'avait
élevée jusqu'au sommet de la grandeur que par un excès de bonté.
Si j'avais connu, à l'époque de mon
arrivée à Naples, les maux qui
devaient résulter de l'orgueil de
Constantia et de la sensibilité de
Julianno, combien j'aurais frémi !
Hélas ! aveugles mortels que nous
sommes, le livre mystérieux de

l'avenir, et celui encore plus obscur des passions de nos semblables,
sont aussi inintelligibles l'un que
l'autre à notre raison ! Actuellement que vous connaissez les habitans de la villa Manfrédy , je
vais vous transporter au moment
où j'arrivai sur l'antique terre de
Pompéïa : nous fûmes reçus à la
villa Manfrédy, moi comme son
futur possesseur, les jeunes de
Mandolf comme mes amis intimes;
je retrouvai Mélica plus belle , plus
aimable et plus tendre que jamais.
Il serait inutile, mon cher comte,
de vous tracer ici le portrait de
mademoiselle Manfrédy à seize
ans; voyez Mélica : elle est la vivante image de sa mère.

Constantia, moins jolie, mais aussi
belle , joignait à la grâce et à la

majesté de sa noble protectrice un
air de mélancolie rêveuse et de sensibilité touchante, dont le charme
était inexprimable pour les ames
sensibles. Mélica au faîte des gran-
deurs, au sein de l'éclat, au comble
du bonheur , n'avait pas besoin
d'attendrir pour plaire; Constantia,
pauvre , obscure , dépendante ,
trouvait dans la pitié une arme de
plus pour séduire les cœurs tendres
sur lesquels le regard mélancolique
de ses beaux yeux d'azur et les
sons harmonieux de sa douce voix
avaient un empire singulier J'ai vu
beaucoup de belles femmes, je n'en
ai pas rencontré une seule qui fût
belle à la manière de Constantia,
ni qui eût reçu de la nature autant
de moyens pour faire valoir les
dons enchanteurs qu'elle possé-
dait.

---

# CHAPITRE V.

---

Au milieu des deux jeunes beautés que la nature avait si également dotées. tandis que la fortune avait fait entre elles un partage bien différent, l'orgueilleux Arnoldy désirant d'aimer, eut bientôt fait son choix. Sans égard pour notre amitié, sans respect pour mes droits, sans délicatesse et sans pudeur, Arnoldy tenta d'inutiles efforts pour m'enlever le cœur et la main de M.<sup>elle</sup> Manfiédy. Ne pouvant se faire aimer, il résolut de se faire craindre,

et employa toutes les ressources
que donne un esprit fin, souple et
rampant, pour obtenir d'un père le
droit de tyranniser son unique
enfant.

Soigneux à me cacher les odieux
moyens qu'il employait pour ruiner
mes espérances de bonheur, Arnoldy me parlait sans cesse de son
dévouement, de la puissance des
liens qui nous unissaient, et du
désir qu'il aurait eu de resserrer
encore nos nœuds d'amitié par mon
union avec sa sœur. Projet char-
mant, disait-il, et qui eût fait son
bonheur, mais auquel il renonçait,
puisqu'il était sûr que je ne goûte-
rais jamais le bonheur sans mademoiselle Manfrédy.

Le prince Ludovico, témoin de
tant de fausseté, de bassesse et

d'hypocrisie, était souvent tenté
de me faire connaître le prix que
je devais attacher à l'amitié du plus
perfide des hommes. Mais Arnoldy
était l'héritier, l'idole et l'ame des
projets du duc de Mandoff son père.
Ce père crédule jouissait à son tour
de la confiance du vieux roi : ébran-
ler l'édifice des fausses vertus d'Arnoldy aurait exposé l'imprudent
délateur à perdre lui-même son
crédit à la cour. Le prince ne voulut
pas tenter l'aventure, et craignant
l'effet d'un jeune et bouillant courage, il pensa que la prudence lui
ordonnait de me cacher avec soin
la perfidie de son jeune hôte.

En conséquence de cette dissimulation, nécessaire peut-être avec
moi, j'ignorai long-tems que pour
me conserver la possession de Mé-

lica, mon généreux protecteur avait
eu besoin de se défendre contre la
séduction de l'ambition et l'effet
des brigues. Le prince, inébran-
lable dans son projet de m'unir
avec sa fille, et résolu d'éloigner
Arnoldy de moi, prit un prétexte
pour que la cérémonie du mariage
se fît dans une terre éloignée de
Naples, où les jeunes de Mandoff
ne pouvaient nous suivre.

En apprenant notre prochaine
séparation, les regrets d'Arnoldy
furent ce qu'ils devaient être, et
portèrent le caractère de la véritable amitié. Ceux de Julianno, au
contraire, parurent tenir du délire;
il répétait sans cesse le nom de
Mélica, se désolait de ne plus la
voir, me conjurait en grâce de
l'emmener, en protestant qu'il se

tuerait si je l'abandonnais à Naples.

Surpris et courroucé de ce que mon ami osait m'avouer hautement qu'il ne survivrait point à sa séparation d'avec Mélica, je lui en témoignai mon mécontentement avec chaleur. Julianno, en m'écoutant, soupira; ses yeux se remplirent de larmes; Anastasio, me dit-il, pardon si je t'offense, mais il n'est que trop vrai que ma vie actuellement dépend des bontés du prince Ludovico et de l'intérêt de sa fille; si tu parviens à m'ôter l'une et l'autre, je suis perdu! Au nom du ciel et de notre amitié, ne me condamne pas sans m'entendre! Un jour viendra où je pourrai t'ouvrir mon ame toute entière, et tu verras si ton ami était coupable; mais avant que l'heure de la confiance

ait sonné pour nous, n'écoute pas
ce que te dira Arnoldy, et ne juge
pas ton frère d'adoption sans l'entendre.

Cette espèce d'explication, loin
de satisfaire mon cœur, le blessa
davantage. La jalousie, ce poison
cruel produit par la chaleur brû-
lante du climat et des passions,
fermente avec fureur dans l'ame
d'un italien, et son explosion terrible par-tout, l'est encore plus
sous le ciel dévorateur de Naples.

Le délire et les mots entrecoupés de Julianno semblèrent me
donner l'explication d'une foule
d'incidens, qui, depuis mon retour à
Pompéïa, m'intriguaient beaucoup.
M.elle Manfrédy, qui semblait haïr
Arnoldy, comblait d'égards et de
bontés l'aimable Julianno. De l'aveu

du prince, il était sans cesse admis
dans l'appartement de Mélica ; souvent lorsque je m'y présentais mon
apparition semblait déplaire ou
gêner. Arnoldy, témoin du rôle
inconvenant que je jouais, ne lais-
sait pas échapper une seule occa-
sion de m'en faire sentir le ridicule.
A l'entendre, Mélica, fidèle aux
usages de l'Italie, en prenant un
époux ne se priverait pas du plaisir
d'avoir un sygisbé ; les railleries de
la méchanceté, les tourmens de la
jalousie et les regrets de l'amitié
trahie, déchiraient mon cœur : j'aurais voulu mourir pour me soustraire à cet état violent, et d'un
autre côté, j'aurais été au désespoir de rendre à Mélica le pouvoir de faire le bonheur de mon
rival.

Ce fut dans cette situation affreuse que je me rendis dans le
vieux château de Manfrédonnia,
pour conclure un hymen qui paraissait n'être plus destiné à faire
mon bonheur.

Arnoldy et Julianno , suivant
leurs devoirs, restèrent à Naples,
où l'on attendait de jour en jour
l'arrivée du vieux duc de Mandoff.
Le calme de la solitude, l'absence de
l'objet de ma jalousie, la tendresse
de Mélica, qui paraissait ne plus
être occupée que de notre prochaine union, tout semblait devoir
me rendre le bonheur, et je com-
mençais à goûter la paix, lorsqu'un
incident cruel vint ouvrir devant
moi une source inépuisable de repentir. O Gustave! ô mon fils! si
jamais vous apercevez dans l'ame

sensible de Mélica une atteinte de
la passion la plus cruelle, ménagez
son repos; ne hasardez pas votre
bonheur et le sien en vous faisant
un jeu cruel d'alimenter dans son
cœur le poison de la jalousie. Hélas!
je lui transmis avec le sang cette
terrible disposition de la défiance,
qui nous porte à n'être jamais certain d'être aimé comme on aime.

Mademoiselle de Manfrédy connaissait mes passions fougueuses ;
elle dédaigna de les ménager ; un
regard plus tendre, un mot plus
doux, un éclaircissement salutaire,
nous étions tous sauvés. Mais fière
de son innocence autant qu'irritée
de mes soupçons, elle aurait cru
s'abaisser en paraissant compatir à
ma faiblesse, et Mélica se fit un
malin plaisir d'alimenter une pas-

sion qui n'eut, hélas ! que trop d'in-
fluence sur notre destinée à tous
deux.

Depuis quelque tems, mademoiselle Manfrédy et Constantia, toujours enfermées ensemble, paraissaient avoir besoin de solitude ;
mes instantes prières ne pouvaient
que rarement m'obtenir la faveur
de partager leurs longs tête-à-têtes :
souvent assis solitairement sur le
banc de gazon qui était placé sous
les fenêtres de l'appartement de
Mélica, je mettais mon unique
plaisir à entendre le doux son de
la voix de mademoiselle Manfrédy ;
je ne pouvais distinguer ce qu'elle
disait ; mais le zéphyr bienfaisant
m'apportait en dédommagement le
parfum de la fleur qui ornait son
sein, et j'étais moins malheureux.

Cependant le tems s'écoulait sans apporter aucun changement à la conduite de Mélica ni à mon sort. L'époque de notre union était retardée par le deuil que mademoiselle Manfrédy et moi nous portions pour la mort d'une vieille sœur du prince Ludovico. Le duc de Mandoff ne revenait point à Naples. Arnoldy et son frère n'avaient pas essayé de nous joindre au château de Manfrédonnia, et sans mes continuelles et fâcheuses observations qu'aigrissait la jalousie, j'aurais pu me croire heureux.

# CHAPITRE VI.

Vous devez voir, mon cher comte, avec quels soins j'entre dans les plus petits détails de mes sentimens pour mademoiselle Manfrédy.

Indépendamment du plaisir douloureux que j'éprouve à revenir sur les premiers jours de ma vie, il s'y joint encore le besoin de retarder le plus long-tems possible le récit qui reste à vous faire.

Où trouver des forces pour peindre, et des motifs pour adoucir le cruel tableau que je dois mettre sous vos yeux ? Il est pourtant essentiel que vous connaissiez la catastrophe qui ouvrit mon ame au plus cruel repentir ; elle vous instruira des devoirs que j'avais à remplir envers Léodgard, et combien était sacré le lien qui m'unissait à lui.

Le deuil de Mélica et le mien étant finis, le prince détermina le jour ainsi que l'heure de cette imposante cérémonie. Il n'y en avait plus que trois d'attente, ensuite je touchais au bonheur. Soupçons jaloux, craintes cruelles, ah ! combien en cet instant vous étiez loin de mon cœur ! Mélica prête à s'unir à moi !... Je voyais alors le ciel ouvert.

Dans cette même matinée où je

rêvais le bonheur, afin de calmer
l'agitation de l'attente, je me rendis
dans la forêt qui avoisine le château de Manfrédonnia, afin d'y
goûter le plaisir de la chasse.

Comme mes chiens poursui-
vaient un cerf agile, celui-ci en
fuyant vint se mettre sous les pieds
d'un pauvre bûcheron qui n'était
pas bien ferme sur ses jambes : il
en fut renversé. Touché de son
accident, je volai près de lui, et
je prodiguai à cet homme les soins
que j'aurais eus pour un frère ; car
l'indigence et la vieillesse ont toujours eu des droits sacrés sur mon
cœur.

Le bûcheron, qui ne me connaissait pas, se désolait disait-il
d'autant plus d'avoir le pied foulé,
qu'il allait être dans l'impossibilité

de faire une commission importante dont on venait de le charger.

Je lui demandai de quelle nature elle était.

Le pauvre blessé tira une lettre de son sein, et me la montra, en disant qu'il avait ordre de la porter le jour même au château de Manfrédonnia.

Je jetai un coup-d'œil sur l'adresse et vis à ma grande surprise qu'elle m'était adressée, quoique l'écriture m'en fût inconnue. Je payai la commission, je pris la lettre, et après avoir laissé le bûcheron entre les mains de mes gens, en les chargeant de le ramener à sa chaumière, je m'enfonçai dans l'épaisseur du bois pour lire la missive la plus infernale que le génie du mal eût jamais pu dicter.

On m'y apprenait l'odieux amour de Mélica et de Julianno, leur coupable intelligence, le projet qu'ils avaient formé tous les deux de s'enfuir la veille du jour marqué pour notre union.

Pour preuve de ce que j'avance, ajoutait l'anonyme, sachez que Julianno est caché depuis deux jours dans les environs du château, sans avoir pu encore voir mademoiselle Manfrédy, mais que ce soir à minuit ils sont convenus par lettre de se réunir dans la galerie des ancêtres. Cette vaste pièce a une porte donnant dans un escalier qui aboutit dans la grotte du chien, située dans le parc. Julianno en a la clef. Si vous ne pouvez me croire allez chez le fermier Mathurin, donnez-lui le double de la somme que Julianno lui a promise, et vous verrez vous-même, dans un petit réduit solitaire, l'ami perfide qui attend avec impatience l'heure où il doit vous trahir.

Je ne puis vous rendre, mon cher comte, l'effet que produisit sur mon cœur cette odieuse révélation.

Hélas! mon faible cœur, loin de rejeter le poison renfermé dans la lettre que j'avais sous les yeux, accueillit au contraire des avis qui ne sympathisaient que trop avec mes propres observations.

La tristesse profonde où je voyais depuis plusieurs jours Mélica plongée, les larmes que Constantia versait en abondance, le besoin que paraissaient éprouver les deux amies d'être seules, les mots entrecoupés qui leur échappaient, et qui tous avaient rapport à un amour aussi tendre que malheureux ; enfin, l'apparition inattendue de Julianno dans les environs du château de Manfrédy, tous ces indices n'étaient-ils pas autant de preuves de la double perfidie d'une amante et d'un ami ?

Résolu de me venger d'une manière éclatante, mais ne voulant pas le faire avant d'être entièrement convaincu, j'abandonnai ma meute aux soins d'un piqueur, et je me rendis chez Mathurin.

Celui-ci, comme je m'y attendais, commença par me jurer qu'il n'avait chez lui que sa nombreuse famille, ensuite, intimidé par mes menaces, séduit par mes promesses et subjugué par la vue de mon or, il m'avoua qu'un jeune seigneur de Naples logeait depuis deux jours chez lui, et que le soir même il devait quitter Manfrédonnia et ses environs pour n'y plus revenir.

Partira - t - il seul, demandai-je avec l'air le plus tranquille que je pus affecter?

Non, répondit Mathurin, il a ici une chaise de poste, et j'ai entendu dire à Batillo, son jokey, qu'il devait emmener une dame qui demeure au château de Manfrédy.

A ces derniers mots je fus près d'éclater; la colère, la rage, le désespoir, la haine, torturaient mon cœur et l'excitaient à la vengeance. Désirant qu'elle fût aussi éclatante que l'outrage, j'eus la force de me contraindre.

**

A quelle heure doivent-ils partir, demandai-je avec calme ?

— Ce soir à minuit.

— Où est ce jeune napolitain?

— Dans sa chambre, où il est
à écrire.

— Ne pourrais-je pas le voir sans
être aperçu de lui?

— Il n'y a rien de si facile.

Mathurin me conduisit dans une
salle basse, et me faisant approcher
d'une petite fenêtre qui donnait
dans un cabinet, j'aperçus Julianno.
Il écrivait. Des larmes abondantes
s'échappaient de ses yeux, et sa
bouche prononça mon nom.

Ce mélange de tendresse et de
perfidie, d'audace et de pitié me
mit en fureur. Si j'eusse contemplé
plus long-tems Julianno, il n'y a
pas de doute que je me fusse trahi;

mais au moment où j'allais éclater
le petit Batillo entra dans la chambre de son maître , et lui parla si
doucement que je ne pus entendre.
Julianno se leva , suivit Batillo , et
en sortant je distinguai le nom de
Mélica qui sortait de sa bouche.

Lorsqu'ils se furent éloignés , je
témoignai à Mathurin ma reconnaissance du service qu'il m'avait
rendu ; ensuite , pour éviter la présence de la perfide qui me trahis-
sait , je fis dire au prince Manfrédy
que je ne rentrerais au château que
le lendemain matin , désirant ne
pas interrompre la partie de chasse
que je venais de commencer.

En effet , je rejoignis ma meute ,
et je passai la journée entière dans
la forêt.

Le soir , lorsque l'heure propice

à mon rival fut près de sonner, je me rapprochai de la gothique forteresse de Manfrédonnia. Arrivé dans la grotte du chien, je remarquai la porte fatale qui devait conduire Julianno dans la salle des ancêtres, et à ma grande susprise je la trouvai ouverte. Muni d'une lanterne sourde je franchis l'escalier et j'entre sans obstacle dans la galerie des ancêtres.

Elle était éclairée comme dans un jour de fête, les siéges en étaient découverts.

Je me cachai derrière une statue placée près de la porte donnant dans l'appartement de Mélica, et ce ne fut pas sans un mouvement terrible de rage et de jalousie que je comptai douze fois, à l'horloge du château, l'heure propice à la vengeance.

# CHAPITRE VII.

A peine avais-je fini de compter la douziéme heure de la nuit, qu'à la faveur de la lumière des lampes qui éclairaient la salle des ancêtres, j'aperçus Julianno qui s'avançait doucement et avec précaution vers la porte de l'appartement de Mélica.

Je ne lui donnai pas le tems d'y arriver. Sortant tout à coup de ma retraite, j'apparus aux regards étonnés du comte de Mandoff comme l'ombre menaçante de l'un des aïeux du prince Manfrédy.

Le silence de la nuit, ma figure terrible, les armes croisées que je tenais entre mes mains, la sombre clarté des lumières expirantes contrastant avec la brillante clarté de la lune, dont l'image se réflétait sur la visière du casque de tous les héros qui nous environnaient, tous ces objets réunis, ainsi que vous devez le penser, devaient inspirer l'étonnement, si ce n'est l'effroi, dans un jeune cœur.

Julianno était brave : la surprise fut donc le seul sentiment qu'il éprouva. Loin de fuir il s'avança vers moi. Est-ce un spectre ou un ennemi, dit-il d'une voix fière ?

Sans lui répondre je lui présentai un casque et des armes ; il entendit ce langage, et se revêtit d'une parure guerrière ; ensuite levant sa

visière, oseras-tu m'imiter, dit-il
avec hauteur?

Celui qui punit avec justice une
infâme trahison, répondis-je, ne
craint pas de se montrer.

Dieu! quelle voix, s'écria Julianno!... O mon frère, mon ami!

— Je ne suis plus ni l'un ni
l'autre. Défends tes jours : Anastasio est avide de répandre ton
sang.

— Quelle aveugle rage! Ecoute-
moi.

— Es-tu aussi lâche que...

— Arrête!... ne soupçonne pas
une valeur qui m'est plus chère que
la vie.

— Eh bien! pourquoi ta lance
n'est-elle pas encore en arrêt?

— Je voudrais te sauver....

Je crus que c'était la vie; cette

idée redoubla ma fureur, et je commençai un combat dont j'aurais dû être la victime, si Julianno, tout en défendant ses jours, n'eût pas cherché à ménager les miens.

Hélas! cette généreuse pitié lui fut fatale, et au même moment où il essayait de me préserver de ma propre fureur il tomba sous mes coups.

Le bruit de sa chûte et celui de nos voix, en retentissant dans le silence de la nuit, parvinrent dans l'appartement de Mélica : le prince Ludovico et les deux amies n'étaient pas encore séparés; ils s'attendaient bien à cette même heure à un évènement important; mais ce n'était pas celui qui venait d'arriver. Redoutant un piège, et bien sûr qu'il était arrivé un mal-

heur dans la salle des ancêtres,
le prince sortit, en ordonnant im-
périeusement à sa fille, ainsi qu'à
sa jeune compagne, de ne point
quitter leur appartement.

Hélas ! s'il eût été obéi, que de
malheurs elles eussent évités.

Mon oncle, en ouvrant la porte
de la galerie, resta saisi d'horreur au spectacle affreux qui s'offrit
à ses regards : Julianno, baigné
dans son sang, paraissait privé de
vie, tandis que l'égarement peint
dans tous mes traits annonçait que
ma raison avait fui avec l'existence du comte de Mandoff. De-
bout, appuyé sur ma lance, je
contemplais avec un air stupide
le sang bouillonnant qui sortait en
abondance de la blessure de Julianno. Sans pouvoir deviner l'af-

freuse vérité, mon oncle s'empressa
de bander la plaie de son jeune ami;
puis, se tournant vers moi : Sais-
tu, me dit-il, sur quelle tête je
dois appeler la vengeance pour le
meurtre de Julianno ?

Sur la mienne, lui dis-je.

Le prince frissonna.

N'ajoute pas un mot, dit-il, tu
me ferais mourir comme lui ;
éloigne-toi : laisse à ton père le
soin de cacher ton crime, et sur-
tout que jamais Constantia......

Dans ce moment la porte se rou-
vrit de nouveau; Mélica et sa jeune
compagne m'apparurent toutes les
deux comme des spectres mena-
çans; elles étaient échevelées : la
blancheur de leur vêtement, la pâleur de leur teint, le reflet de l'astre
des nuits, et leurs cheveux flot-

tans, tout leur donnait l'apparence de deux ombres arrachées avec violence au paisible séjour de la tombe.

En voyant Julianno sans mouvement, un cri d'effroi sortit en même tems de leur bouche; un mutuel sentiment parut animer leur cœur, avec cette différence que Constantia , sans proférer une plainte, ni demander une explication, se jeta à genoux à côté du corps de Julianno , entrelaça ses mains tremblantes dans les mains glacées du comte de Mandoff, et , appuyant sa bouche de roses sur les lèvres livides de Julianno , elle parut vouloir essayer, par la chaleur de son souffle, de rappeler la vie, qui semblait s'être exhalée sans retour.

A ce tableau d'union et d'amour
dans les bras même de la mort,
l'affreuse vérité commença, mais
trop tard, à luire pour moi; l'in-
consolable Mélica, dans son désespoir, acheva de m'éclairer.

Vois-tu, me dit-elle, comme
ces infortunés s'aimaient; si Julianno périt, Constantia ne lui survivra point, et je jure par l'amitié
que je ressens pour ces époux infortunés, de ne jamais consentir à
donner ma main pure et sans tache
à leur cruel meurtrier.

Je restai anéanti; le remords,
la douleur, l'effroi, la haine pour
le cruel auteur de tous nos maux,
déchiraient en ce moment le cœur
trop crédule qui s'était livré sans
défiance aux coups funestes que
la haine d'Arnoldy avait voulu lui

porter. Tandis que je me livrais
en silence à tous les sentimens que
devait inspirer la catastrophe san-
glante dont j'étais la cause et le
témoin, le prince Manfrédy, sans
permettre à la douleur de l'acca-
bler, conservait au milieu de l'effroi général sa présence d'esprit
et la supériorité de sa raison. Après
avoir fait transporter Julianno dans
son appartement, et lui avoir fait
donner tous les secours que sa position exigeait, mon oncle s'était
occupé de la malheureuse Constantia, qui paraissait prête à suivre
son époux dans la tombe.

# CHAPITRE VII.

APRÈS avoir rempli tous les devoirs que la tendresse paternelle
et la pitié lui imposaient, le prince
Manfrédy, songeant à ma triste situation, revint auprès de moi, non
comme un juge sévère et redou-
table, mais comme un père indulgent, qui désire pouvoir trouver quelqu'excuse aux fautes d'un
fils toujours chéri.

Mon oncle me retrouva dans la
même situation d'ame où il m'avait
laissé ; le saisissement et la stu-

peur avaient succédé chez moi à
la rage. Assis sur le socle d'une
statue renversée, je paraissais im-
mobile comme les images des ancêtres de notre race; mes yeux
sombres et farouches fixaient toujours le même objet effrayant, et
j'aurais voulu en vain les détour-
ner du spectacle horrible qui portait l'épouvante dans mon ame.
Toute la galerie me paraissait inon-
dée du sang de Julianno, répandu
par mes mains. Le prince, en revenant près de moi, s'aperçut de
l'état dans lequel le remords et la
douleur m'avaient plongé; cette
situation morale l'inquiétait plus
qu'une fièvre violente ou une ma-
ladie dangereuse, qui laisse toujours quelques chances d'espérance. Il essaya doucement de ra-

mener le calme dans mon ame,
et lorsqu'il crut avoir insinué la
consolation dans mon cœur an-
goissé, il m'adressa avec ména-
gement des questions sur la cause
de la fatale erreur qui avait occa-
sionné la perte de Julianno.

Je lui fis part de mes observations, des insinuations perfides
d'Arnoldy, de la lettre anonyme
que je ne pouvais attribuer qu'à
lui, et enfin de la rencontre du
comte de Mandoff dans la chaumière de Mathurin, qui m'avait
confirmé dans l'idée d'un enlèvement nocturne.

Lorsque j'eus fini mon récit, le
prince, tournant sur moi des yeux
remplis d'une douce pitié, je con-
viens, me dit-il, que les apparences
étaient contre Julianno, et que ma

fille n'a point assez ménagé le caractère jaloux et indomptable auquel nous avions affaire ; souvent
je lui ai reproché de joindre
à l'embarras où son amitié pour
Constantia l'avait jetée, des peines
volontaires qu'un peu de condes-
cendance pour votre faiblesse lui
aurait évitées : mais tout ce qui
peignait à Mélica l'excès de votre
passion pour elle, enchantait cette
ame ardente, qui n'avait jamais
éprouvé dans sa vie qu'une seule
crainte, celle d'être aimée faible-
ment. En vain je lui représentais
qu'en aigrissant vos soupçons jaloux, elle s'exposait à quelque
catastrophe ; elle n'a point voulu
se rendre aux conseils de l'expérience, et paie bien cher en ce

moment sa résistance à mes conseils paternels.

En effet, interrompit le comte
de Norlis, qu'une ame sensible se
mette à la place de mademoiselle
de Manfrédy, et juge de ce qu'elle
dut souffrir, lorsqu'elle vit l'homme
qu'elle aimait couvert du sang de
son ami, de l'époux de sa sœur
d'adoption, et que la voix de ses
remords lui dit d'une manière élo-
quente : C'est ta réserve cruelle,
ton silence dangereux, et cette co-
quetterie meurtrière pour le bonheur d'une femme, qui ont causé la
perte de tous ceux que tu aimais!

Comme Gustave achevait ces
mots d'un ton véhément, il s'aperçut que les beaux yeux de Mélica
étaient baignés de larmes.

Pardon, lui dit-il, tendre Mélica ; je vous afflige en accusant celle qui vous donna le jour ; mais nos destinées doivent être bientôt unies ; vous êtes belle, plus belle qu'aucune mortelle ; je vous idolâtre, et si vous abusiez jamais de vos charmes et de votre pouvoir sur mon cœur, il vous serait bien facile de me donner le coup de la mort.

Mélica, blessée du soupçon, ne répondit rien et soupira. Le duc de Bellozane reprit sa narration en ces termes :

Le prince Manfrédy, après avoir essayé inutilement de faire luire dans mon ame quelques rayons d'espérance au sujet de la conservation de Julianno, m'engagea doucement à prendre quelque repos.

Je ne voulus pas céder à ses ins-
tances que je n'eusse revu le comte
de Mandoff. Il fallut que mon généreux protecteur me condusît auprès de ma victime. Dieu ! quel
spectacle s'offrit alors à moi !
Comme dans la galerie des ancêtres, Constantia était à genoux
devant le lit funèbre de son époux ;
elle tenait dans ses belles mains
la main glacée de Julianno ; à son
regard fixe, à sa bouche entr'ouverte, à ce cœur qui semblait ne
plus palpiter, on eût dit qu'elle
avait cessé de souffrir...... Ma vue
même ne lui rappela aucun souvenir ; elle me dit sans me regarder, il est mort ; l'enfant que je
porte dans mon sein ne connaîtra
jamais son père.

A cet aveu inattendu, et qui

m'apprenait toute l'énormité du crime que j'avais commis, je chancelai ; je serais tombé si Mélica ne m'eût tendu une main secourable.

Insensé, me dit-elle, qu'as-tu fait ?... Hélas! tu vois actuellement quelle barrière insurmontable ton crime a posée entre nous.

Je ne répondis rien, mais je me mis à genoux devant elle, et appuyant ma tête sur une console de marbre qui était auprès de Mélica, je pleurai avec amertume. Ces larmes bienfaisantes me sauvèrent la vie, car mon cœur se brisait. Le prince, qui s'aperçut combien cette scène muette faisait de mal à sa fille, voulut m'entrainer loin d'elle : encore un moment, lui dis-je, et relevant ma tête abattue, Mélica, lui dis-je, Anastasio ne survivra point à sa victime, soyez-en bien sûre ;

le même tombeau s'ouvrira pour
recevoir l'époux de Constantia et
l'élève du prince Manfrédy. Mais
avant d'accompagner le comte de
Mandoff dans l'étroite demeure,
accordez à celui qui vous a tant
aimée un regard moins sévère et
une parole de paix ; en recevant
mes derniers adieux, dites-moi :
Anastasio, Mélica te pardonne !

Infortuné, me dit-elle en me
tendant la main, puisse le ciel,
ta conscience, et la compagne de
Julianno, te pardonner comme
moi !...

Je me relevai alors ; Constantia
me présenta aussi sa main. Repos
et pardon pour nous tous, dit-elle ; la
terre seule est le séjour de la haine ;
celui où Julianno et moi nous allons
habiter ne voit croître dans son

heureux sol que des fruits d'amour, d'union et de paix !

Le regard de Constantia, en achevant ces derniers mots, était céleste ; sa beauté me parut avoir pris tout à coup un caractère angélique et idéal. Je m'inclinai avec un respect mêlé de remords devant cette créature admirable, dont j'avais si cruellement abrégé la course terrestre. Constantia reprit sa première attitude auprès de son époux. Mélica, insensible aux prières du prince, qui l'engageait à prendre un peu de repos, ne voulut point quitter son amie. M. de Manfrédy et moi nous abandonnâmes à regret ce séjour de douleur, pour essayer de nous livrer quelques instans à un sommeil réparateur, dont nous avions tous les deux le plus grand besoin.

# CHAPITRE IX.

Je n'ai pas besoin de vous dire,
mon cher Gustave, que dans cette
cruelle nuit je ne pus goûter aucun
moment de repos. Les ombres mena-
çantes de Julianno et de Constantia
paraissaient fixées près de moi; leurs
voix lamentables répétaient sans
cesse à mon oreille épouvantée :
Rends un père à son fils! rends un
époux à sa compagne! Je n'essaierai
pas de vous peindre ce long supplice
du remords infligé par un dieu

juste à l'homme criminel. O Gustave ! ô mon fils ! le ciel vous pré-
serve du malheur de succomber
à la violence d'une passion coupable! Si jamais vous vous trouvez
placé par le sort cruel entre la
vertu et le crime, songez à mon
exemple, à mon malheur, et trem-
blez pour le destin de votre vie
entière, si le devoir et l'honneur ne
l'emportent point dans votre ame.

Toujours bon et compatissant,
le prince Ludovico entra dans mon
appartement, aussitôt qu'il eut
appris que j'étais en état de le recevoir. Au premier coup-d'œil nous
nous aperçûmes facilement tous
les deux que le besoin mutuel de
repos que nous éprouvions n'avait
pas été satisfait. Mon généreux
protecteur soupira; je demandai en

**

tremblant des nouvelles de Julianno ; j'appris qu'elles étaient meilleures qu'on n'avait osé s'en flatter ; le chirurgien commençait à espérer de pouvoir, à force de soins et de ménagemens, parvenir à le sauver.

Je n'essaierai pas de vous peindre le délire de ma joie, en entendant le prince Manfrédy ; mais ce dernier la tempéra bientôt, en me donnant de nouveaux détails sur la situation de nos amis ; en voici la substance :

Quelque tems avant le départ des jeunes de Mandoff pour l'académie de Vérone, la signora Brunetto avait quitté la villa Manfrédy et son élève, pour aller à Naples suivre un procès duquel dépendaient les débris de sa petite fortune ; elle

avait emmené avec elle Constantia,
qui atteignait alors sa quinzième
année. Pour son malheur, ainsi que
pour celui de Julianno, l'adversaire d'Octavie étant intimement lié
avec le comte de Mandoff, eut la
fatale idée de charger Julianno du
soin d'arranger avec la signora
Octavie une affaire dont la seule
pensée lui donnait de l'ennui.

Suivant ses vœux, M. de Mandoff vit la signora Brunetto, ou,
pour être plus vrai, il ne vit que
Constantia. Épris de ses charmes,
subjugué par l'ascendant de son caractère, admirateur passionné de
ses talens, il aima, ou plutôt adora
la fille de l'obscure Brunetto. Distance de rang, obstacle de fortune,
différence de situation, l'imprudent
Julianno ne vit rien de tout cela.

il aimait ; on lui laissa voir qu'il
était aimé ; orgueil , prudence ,
devoir et respect filial, tout fut
oublié. Octavie s'aperçut facilement de la passion naissante de ces
jeunes insensés. Une mère qui eût
été digne de ce titre aurait séparé ,
lorsqu'il en était encore tems, les
infortunés qui couraient à leur
perte ; mais la signora Brunetto
avait un orgueil excessif et une
ambition démesurée. Fière de la
beauté ainsi que des talens de
Constantia, elle se persuadait que ,
malgré l'obscurité de sa naissance,
sa fille pouvait aspirer aux partis
les plus brillans. Octavie ne fut
donc point surprise de l'extrême
passion que Constantia inspirait au
comte de Mandoff. Ce dernier
voyant les dispositions favorables

de la mère et de la fille, osa pro-
poser un mariage secret. La signora
Brunetto parla des inquiétudes de
son procès ; Julianno se chargea de
tout concilier ; l'adroite Octavie
promit la main de sa fille en reconnaissance : le succès couronna les
vœux de ces amans imprudens.
L'adversaire d'Octavie se désista
de ses prétentions ; le petit domaine
de Brunetto fut conservé à son possesseur, et le comte de Mandoff, âgé
seulement de dix-sept ans, conduisit à l'autel de l'hymen la belle Constantia, qui n'en avait que quinze. Le
mariage fut secret : Julianno savait
trop bien qu'il tenterait d'inutiles
efforts pour obtenir le consentement
du duc de Mandoff. Il fut convenu
entre nos jeunes époux et leur mère
que le prince Ludovico, ainsi

que Mélica l'ignorerait comme tout
le monde. Afin que rien ne pût
exposer le secret de Constantia à
être découvert, en sortant de l'autel, sa mère la fit monter dans une
voiture, et la conduisit à la villa
Manfrédy. Le duc de Mandoff avait
déjà ordonné à ses deux fils de se
rendre à Vérone, et Julianno avait
eu besoin d'employer toutes les
ressources de son esprit pour obtenir quelques jours de délai, qui
lui suffirent pour se plonger dans
un abîme de maux.

Lorsque la belle Constantia eut
quitté Naples, son époux ne désirant plus y rester, suivit sans résistance Arnoldy à Vérone, où il
s'occupa sans distraction du soin
d'acquérir des talens et une ins-
truction suffisante pour se rendre
indépendant, si le duc de Mandoff re-

fusait de reconnaître son union avec
Constantia. Ce fut quelque tems
après l'arrivée des deux frères à
l'académie, que vous y vîntes, mon
cher Anastasio, continua le prince.
Le comte de Mandoff connaissait
vos engagemens avec ma fille, et
l'amitié qui vous unissait à Constantia. Ce fut le véritable motif
des avances qu'il vous fit ; vous
y répondîtes ; les liens les plus
tendres semblèrent vous unir. Julianno m'a avoué que mille fois il
avait été au moment de vous confier le secret de sa bizarre et malheureuse position ; mais que l'im-
portune présence d'Arnoldy, qui
ne vous quittait guère, l'en avait
toujours empêché. Lorsque vous
revîntes ensemble à Naples, j'in-
vitai les deux frères à vous suivre
à la villa Manfrédy ; comme vous

devez vous en rappeler, ils accep-
tèrent avec empressement. Arnoldy espérait vous enlever votre
compagne et Julianno se réunir à
la sienne : l'un échoua dans sa coupable entreprise, l'autre ne réussit
que trop au gré de ses vœux. Lorsque, pour soustraire ma fille à l'im-
portun amour d'Arnoldy , j'an-
nonçai mon départ pour la forteresse de Manfrédonnia , vous
devez vous ressouvenir du désespoir que fit éclater Julianno en
apprenant qu'il ne pouvait nous y
suivre. Hélas ! l'infortuné avait
reçu de Constantia, peu de jours
auparavant , la douce et cruelle
certitude qu'elle portoit dans son
sein un gage de leur imprudente
union.

Ne pouvant pénétrer ce mystère,

et offensé comme vous de l'intelligence qui paraissait régner entre
ma fille et Julianno, je les inter-
rogeai, ainsi que Constantia. Les
deux époux sentaient le danger de
leur position et le besoin d'un
appui; ils tombèrent à mes genoux:
la vérité toute entière m'apparut,
et je frémis....

Les ordres étaient donnés pour
le départ; j'avais juré de ne faire
connaître à personne le secret confié
à ma foi. Je partis avec ma fille et
Constantia, en ordonnant aux deux
époux de mettre de la prudence
dans leur conduite, et de se reposer
sur moi du soin de leur avenir.

## CHAPITRE X.

S'ILS m'eussent obéi, continua le prince, il n'y a pas de doute que je ne fusse parvenu à sauver ces deux victimes de leur passion et de celle des autres ; mais amour , jeunesse et prudence ne marchent jamais ensemble.

Julianno , séparé de sa chère Constantia, éprouva le besoin de se rapprocher d'elle, du moins par la pensée. Il lui écrivit; Constantia lui répondit; ses lettres , à ce qu'il paraît , avant d'être remises à leur adresse, furent interceptées par le cruel Arnoldy ; elles lui apprirent le secret de son frère, en lui donnant les moyens de le perdre dans l'esprit du duc de Mandoff et dans le vôtre. Ce fut dans cette coupable espérance qu'il fit naître dans votre cœur trop soupçonneux la pensée cruelle que votre ami et votre future compagne vous trahissaient également. Rien ne fut plus facile que d'enflammer en vous une passion terrible, dont vous portez sans cesse le germe dans votre ame. Le vieux duc de Mandoff, blessé aussi dans ce qu'il avait de plus cher, je veux dire l'honneur de sa maison, par le mariage de son fils avec une obscure plébéienne, consentit sans peine à invoquer l'autorité royale pour venger les droits d'un père. J'ap-

★

pris à la fois la trahison d'Arnoldy,
le courroux du duc et la résolution
du monarque de punir rigoureuse-
ment les deux époux du mépris
qu'ils avaient fait des lois et des
usages de la société.

Je n'avais pas approuvé la faute,
mais je plaignis le malheur qui en
devenait la suite, et je résolus de
sauver les coupables. J'avais du
crédit, de l'or et des amis. Ne pouvant obtenir la révocation des
ordres, j'en fis suspendre l'exécution : par mes soins, une retraite
charmante fut préparée pour les
deux époux dans le territoire de
Sienne. J'écrivis à Julianno ; ce fut
moi qui choisis l'heure et le jour
du départ ; je pensai à tout, excepté
à prévenir vos soupçons. Lorsque
je fus prêt, Constantia et ma fille

attendirent toutes les deux avec l'impatience d'un sentiment aussi pur que tendre , l'infortuné qui n'obéit à ma voix que pour venir trouver sous nos yeux un ennemi encore plus cruel que ceux dont je voulais lui faire éviter les coups.

Après avoir achevé ces derniers mots avec amertume , le prince s'arrêta un moment ; j'étais anéanti sous le poids des remords, et je n'avais pas la force ni de le regarder , ni de lui répondre une seule parole. Désirant me laisser le tems de me remettre, M. de Manfrédy, après une pose , reprit en ces termes :

Voici actuellement le sujet de mes alarmes. J'ai bien obtenu quelques jours de délai pour l'exécu-

tion des ordres du roi ; mais cette
faveur ne peut pas être de longue
durée ; les sbires vont bientôt
fondre sur nous ; et comment soustraire à leurs recherches un homme
blessé , mourant , dont le triste
état ne les touchera peut-être point?
D'ailleurs Constantia est particu-
lièrement désignée dans la proscription de Julianno, et cette femme
infortunée refuse opiniâtrément de
quitter une seule minute le che-
vet du lit de son époux. O mon fils!
dans quel abîme de maux votre
fatale jalousie nous a-t-elle préci-
pités tous!....

C'est à moi, répondis-je, à ré-
parer le mal que j'ai fait; laissez
votre fils présenter seul une tête
criminelle au coup de la vengeance du roi : peut-être en mou-

rant obtiendrai-je du duc de Mandoff la grâce de son fils.

Ecoute, répondit le prince avec
un accent exalté, c'est le ciel qui
t'inspire ; oui, tu peux sauver les
amis malheureux dont la haine a
médité la ruine ; vole à Naples,
demande à parler seul au duc de
Mandoff ; il ne te reconnaîtra sûre-
ment point, ne t'ayant pas vu depuis dix ans. Demande à ce vieil-
lard, cruellement trompé, s'il se
rappèle *l'époque du 4 août;* s'il répond *oui,* ajoute : *Le duc de Mandoff est-il resté fidèle au vœu qu'il
prononça alors d'une reconnaissance
éternelle ?* Il répondra encore *oui;*
car personne n'avoue volontaire-
ment qu'il nourrit dans son cœur
le serpent odieux de l'ingratitude.
Demande-lui alors *s'il consentirait*

*à te suivre à la villa Manfrédy;* que
ce n'est que dans ce séjour champêtre que le mystère qu'il brûla si
long tems de savoir peut lui être
découvert. Hâte-toi, mon fils, les
momens nous sont chers; je n'ai
pas voulu, jusqu'à présent, tenter
ce moyen pour réconcilier le père
avec le fils; j'espérais, en donnant
à Julianno les moyens de fuir,
assurer mieux son bonheur; mais
puisque cette ressource nous est
ôtée, employons la seule qui nous
reste, pour déjouer l'infâme com-
plot d'Arnoldy, qui veut dépouiller
son malheureux frère, non seulement de la fortune du duc de Mandoff, mais encore d'un domaine
considérable légué par un oncle,
grand protecteur des droits de la
paternité, qui a mis pour condi-

tion à ce legs que, jusqu'à l'époque de sa majorité, Julianno ne donnerait à sa famille aucun sujet de plainte.

Dans le cas où la conduite du jeune comte n'aurait pas été conforme à la volonté de son père, le duc restait maître de donner ce domaine à celui de ses enfans qui lui aurait été le plus soumis.

Ainsi parla le prince.

Cette circonstance, que j'avais ignorée jusqu'alors, m'expliquait la cause de la haine qu'Arnoldy portait à son frère, celle de l'acharnement qu'il mettait à perdre cet infortuné, ainsi que le motif de sa constante hypocrisie.

Espérant avoir entre mes mains le signal du salut de ceux que j'avais si cruellement offensés, je

partis sur-le-champ pour Naples.
D'après les instructions du prince
de Manfrédy, je fus trouver le duc
de Mandoff, qui me reçut à mer-
veille. J'eus à peine prononcé les
paroles magiques et puissantes que
m'avait enseignées mon généreux
protecteur, que le duc baigné de
larmes se précipita dans mes bras.
Grand dieu! me dit-il, ne me trom-
pez-vous pas? Quoi! le ciel aurait
exaucé le plus cher de mes vœux!
je connaîtrais le guerrier vaillant
et intrépide qui me sauva la vie!

Rassuré par le succès de ma
première demande, je continuai,
suivant les instructions du prince
Manfrédy, et j'obtins sans peine du
duc de Mandoff qu'il consentît à
me suivre à Pompéïa.

Nous arrivâmes au déclin du

jour. Le prince vint recevoir son respectable hôte jusqu'à l'entrée du vestibule ; il le conduisit dans un magnifique salon, et rien ne fut épargné pour faire connaître au duc la satisfaction que les habitans de la villa Manfrédy avaient de le recevoir ; mais M. de Mandoff, insensible à tout ce qui était étranger à l'idée qui le préoccupait, se tournant vers le prince Ludovico, lui témoigna un extrême désir de connaître le mystère qui intéressait si fort son cœur.

Cela me sera bien facile, reprit mon oncle ; mais avant de le faire sachez que votre libérateur est au moment de rendre le dernier soupir, et qu'il descend dans la tombe avec l'affreuse douleur de songer qu'après sa mort un père inexorable refusera sans doute de bénir l'enfant que sa triste compagne porte dans son sein !

Que voulez-vous dire? ô ciel! s'écria le duc de Mandoff, en portant la main à son front; quel souvenir et quelles idées vous faites naître dans mon ame ! J'ai juré de punir un crime; j'ai fait le serment de reconnaître un bienfait.

Tenez le doux serment de la reconnaissance, lui dit mon oncle, et venez vous en acquitter.

En achevant ces mots, le prince Manfrédy se leva, le duc de Mandoff le suivit en chancelant; car ses forces étaient près de l'abandonner.

## CHAPITRE XI.

LE prince Ludovico conduisit Monsieur de Mandoff dans l'appartement de Julianno, et faisant approcher ce père inexorable du lit funèbre, voilà votre libérateur, lui dit-il.

Ce peu de mots, le ton solennel avec lequel ils furent prononcés, l'aspect de Constantia, qui baignée de larmes embrassait les genoux de l'ayeul de l'enfant qu'elle portait dans son sein, le silence des tombeaux, le dernier déclin du jour expirant, qui colorait d'une lumière mystérieuse et fugitive cette scène douloureuse, rien ne peut peindre l'impression profonde qu'elle devait produire sur un cœur que l'habitude de la haine n'avait pas encore endurci.

M. de Mandoff, dans cet instant à la fois touchant et terrible, ressentit le double pouvoir de la nature et de la reconnaissance; ses bras paternels s'ouvrirent, pour serrer contre son sein Julianno et Constantia; sa voix vénérable les bénit et prononça ensuite ces consolantes paroles : Ta valeur, ô mon fils, a sauvé mes jours! puisses-tu, en récompense, avoir le bonheur de bénir à ton tour l'enfant que Constantia porte dans son sein!

Mon père, répondit Julianno,

vous m'avez pardonné, je descendrai dans la tombe sans alarmes; je laisserai au déplorable gage de mon union, un père, un protecteur, des amis : je suis trop heureux. Aimez Constantia, ne m'oubliez pas, et préservez-vous....... Julianno ne put achever, le froid de la mort glaça son cœur, la parole expira sur ses lèvres, un soupir sortit de son sein, et ses yeux se fermèrent à la clarté du jour.

Persuadée qu'il n'était plus, la malheureuse Constantia fut saisie de convulsions si horribles, qu'on fut obligé d'employer la force pour l'arracher au spectacle qu'elle avait sous les yeux. Le prince Ludovico entraîna, non sans peine, le duc de Mandoff loin de cette chambre funeste ; il n'y eut que moi que

l'on ne put décider à m'en éloigner.
J'assurais que Julianno n'était pas
mort, que j'en étais bien sûr, et
que sa léthargie ne serait pas longue. On me crut fou ; je n'étais inspiré que par l'exaltation du remords
et de l'amitié.

Je passai les nuits auprès de
Julianno. Malgré tout ce qu'on put
me dire, je persistai à croire encore à son existence. Mon cœur
ne me trompa point, et vers le milieu du troisième jour le comte de
Mandoff donna des signes de vie.
Le soir le médecin répondit de ses
jours : la crise dont il avait pensé
être la victime était au contraire
la plus heureuse.

Julianno apprit le danger qu'il
avait couru d'être enseveli tout vi-
vant dans le superbe mausolée de

ses aïeux ; il sut en même tems que c'était à mes instantes prières et à mes heureux pressentimens qu'il devait d'avoir été préservé d'une fin aussi horrible. Il demanda en grâce à me voir : je ne l'avais quitté qu'au moment où il reprenait ses sens, afin d'éviter de lui rappeler de fâcheux souvenirs.

En apprenant qu'il me désirait je volai dans ses bras. Notre entrevue fut des plus touchantes ; il bénissait mon pieux dévouement pour lui, et me nommait son libérateur, tandis que la voix de mes remords me disait bien éloquemment que j'étais son assassin.

La convalescence de Julianno fut rapide et heureuse. La joie d'être réconcilié avec son père, et de n'avoir plus à craindre d'être sé-

paré de Constantia lui rendit bientôt ses forces et sa santé; le crédit
du duc de Mandoff à la cour eut
bientôt conjuré l'orage que ce malheureux père avait attiré lui-même
sur la tête de son fils , et Julianno
n'eut plus rien à craindre pour son
existence ; il perdit seulement le
domaine légué par son oncle, les
plaintes du duc de Mandoff contre
son fils ayant été trop publiques
pour qu'il eût encore des droits à
un bien qui ne pouvait appartenir
qu'à une personne irréprochable;
mais comme , par la clause même
du testament du donateur, le duc
de Mandoff était libre de le trans-
mettre à celui de ses enfans ( le
coupable excepté ) qu'il choisirait,
le duc de Mandoff, pour punir la

cruelle avidité d'Arnoldy , le donna
à la belle Floretta , votre mère.

Cette disposition , à laquelle il
était loin de s'attendre , redoubla la
haine d'Arnoldy contre son frère ,
et il résolut d'envelopper dans sa
vengeance tous les amis qui avaient
protégé , secouru et consolé Julianno au jour de l'infortune.

Tandis que le méchant n'est occupé que de projets sinistres , et
que , pour mieux les dissimuler ,
il ne paraît songer qu'à l'amour
qu'il feint d'éprouver pour l'héritière des princes Barbarinny , Julianno et moi , heureux ensemble ,
nous nous livrions sans obstacle au
sentiment si pur qui nous unissait.
Informés des ruses coupables em-
ployées par le cruel Arnoldy pour
nous diviser , le comte de Mandoff

n'avait pas eu de peine à me pardonner ma fatale crédulité. Mademoiselle Manfrédy, aussi indul-
gente, consentit sans peine à me
confier le soin de son bonheur : je
devins son époux. Le prince Ludovico, satisfait de voir enfin le
plus cher de ses vœux accompli,
fut toujours pour moi un tendre
père, et pour mes deux amis un
constant protecteur. Rien ne pouvait donc en apparence troubler la
paix dont nous jouissions, lorsque
la naissance de Léodgard, qui devait cimenter notre bonheur, fut
ce qui le détruisit pour jamais.

Constantia était frappée à mort
par le saisissement que lui avait
causé le danger où elle avait vu
son époux ; plus elle avançait vers
le terme où elle devait devenir

mère, et plus sa santé s'altérait :
l'amour, l'amitié, aveuglaient également Julianno et Mélica sur le
danger de celle qui leur était si
chère ; le remords, au contraire,
me rendait clairvoyant ; j'avais des
craintes cruelles, de sombres pressentimens. Je les communiquai à
celui qui avait seul le pouvoir de
les détruire ; je reçus de sa bouche
la confirmation de notre malheur.

Il était certain que Constantia
marchait rapidement vers le terme
d'une vie que les passions avaient
empoisonnée : j'étais sûr que son
époux ne lui survivrait point, et
c'était moi seul qui avais creusé
la tombe de ces infortunés ! Qu'on
juge, s'il est possible, de ce qui
se passait alors dans mon ame.

Obligé de joindre à mes tourmens

celui de la dissimulation, je ren-
fermai avec soin dans mon cœur
les fatales lumières que j'avais sur
notre avenir.

Il fut, hélas! aussi triste que
mes pressentimens.

Léodgard reçut l'existence ; sa
mère la perdit. Julianno reposa
peu de jours après dans le même
tombeau que sa tendre compagne,
en emportant de leur meurtrier la
promesse que s'il devenait père
d'une fille, l'enfant de Mélica s'uni-
rait au fils de Julianno : je le promis sur les restes glacés de Constantia, et son époux consolé sourit
à la mort qui venait le réunir à
celle qu'il adorait.

D'après les derniers vœux du
comte de Mandoff, l'éducation de
Léodgard me fut confiée; je de-

vais être pour lui ce que le prince Manfrédy avait été pour moi. Je le jurai avec ferveur : la proscription et l'exil ont seuls pu m'empêcher de tenir ce serment.

Les secours de la religion unis aux soins de l'amour, ainsi qu'à ceux de la nature, parvinrent à inspirer à Mélica le courage de survivre à son amie. Elle devint mère, adopta dans son cœur l'enfant de Constantia, et fit taire ses regrets, pour mieux remplir ses devoirs.

Le tems, ce consolateur universel, adoucit aussi mes remords en calmant ma douleur. Le vieux duc de Mandolf mourut. Arnoldy parut à la cour, gagna la confiance du roi, obtint une place brillante, et ne parut plus occupé que du soin

de remplir les devoirs de citoyen,
d'époux et de père. Il chercha,
pour mieux me perdre, à se rapprocher adroitement de moi. Je
crus à son repentir : j'avais moi-
même besoin de pardon ; aurais-je
pu rester inflexible? Le souvenir
du sang de Julianno, répandu par
mes mains, et la vue de son tombeau me rendirent indulgent. Notre
réconciliation fut éclatante. De
mon côté elle était sincère. Le
prince Manfrédy n'existait plus ;
personne ne pouvait m'éclairer.
J'avais aimé Arnoldy ; il était frère
de Julianno.... Je me perdis en lui
rendant mon estime et ma confiance.

Le roi, pénétré de respect pour
la mémoire du prince Ludovico,
et croyant aux vertus de son élève,

m'accorda l'insigne honneur de remplacer mon oncle dans la noble fonction de gouverneur du prince royal.

Ce poste dangereux, envié par beaucoup de monde, excita contre moi une rumeur générale ; le choix du souverain fut blâmé ; on eut les yeux sans cesse ouverts sur ma conduite, dans l'espérance d'y trouver tôt ou tard les motifs ou même le prétexte d'une disgrâce, et moi, de mon côté, je me promettais bien de mettre tant de vertu, de prudence, et en même tems de franchise dans ma conduite, que je déjouerais l'intrigue en essayant de désarmer l'envie, et de détruire les préventions.

J'ose dire que j'aurais entière-

ment réussi dans ce noble projet,
si le duc de Mandoff n'avait pas
habité la cour de Naples ; mais un
ennemi caché sous le masque de
l'amitié a beaucoup de moyens
pour nuire, et Arnoldy n'en laissa
échapper aucun.

Pendant long tems, je déjouai
tous les artifices : j'avais devant les
yeux la conduite, les conseils et
l'expérience du prince Ludovico ;
je suivis en tout les préceptes sages
et lumineux que je trouvai dans ses
papiers, pour l'éducation du jeune
prince ; comme mon prédécesseur,
je m'attachai à gagner sa confiance,
à mériter son estime, à le convaincre de la justice de mes représen-
tations et de la grandeur de nos
devoirs réciproques. Une fois que

je lui eus persuadé l'importance des miens, il apprit à connaître ceux que lui imposait le titre d'héritier d'un grand royaume.

★

---

## CHAPITRE XII.

---

La nature avait fait beaucoup pour mon auguste élève.

La renommée a dû vous apprendre depuis qu'il règne combien il a justifié les espérances que j'avais osé concevoir de lui. Hélas! il n'y a que pour moi et envers moi seul qu'il n'a pas été juste!...

Le duc de Maudoff, conservant toujours son inimitié pour moi, et perdant l'espérance de pouvoir me la témoigner avec succès, la ren-

ferma si soigneusement dans son
cœur que je crus, ainsi que tout le
monde, son ancienne rivalité entièrement détruite. Ce qui devait
me le faire croire, c'est que l'arti-
ficieux Arnoldy n'avait apporté
aucun obstacle au désir qu'avait
éprouvé la duchesse de Mandoff
de se lier intimement avec ma compagne, et de son côté madame de
Bellozane, trouvant dans l'esprit
et le caractère de la douce Clémen-
tine beaucoup de ressemblance
avec l'amie qu'elle avait perdue,
consentit à choisir la duchesse de
Mandoff pour remplacer Constantia dans son cœur.

Témoin de leur tendre union,
partageant mes soins entre le royal
dépôt que l'autorité m'avait confié
et les enfans que m'avait donnés la

nature ainsi que l'amitié, j'étais
aussi heureux que puisse l'être une
ame franche et noble qui habite le
pays de l'intrigue, mais à coup sûr
beaucoup plus que ne l'aurait voulu
l'ennemi acharné à ma ruine.

Le tems s'écoula ainsi. Les deux
palais de Mandoff et de Bellozane
semblaient en apparence ne renfermer qu'une seule et même famille. Léodgard croissait sous les
yeux de ma fille, et puisait dans
ces yeux si doux une flamme qui
ne devait s'éteindre qu'avec sa vie.
Mélioa, insensible encore à l'amour,
ne semblait vivre que pour l'amitié
que lui inspirait la jeune Olympia,
seul gage que le duc de Mandoff
eût obtenu de son hymen.

Olympia à son tour, tendrement
attachée à ma fille, n'éprouvait

pour Léodgard aucun des sentimens que son père voulait lui inspirer. Jaloux de l'immense fortune
que le duc de Mandoff, son ayeul,
avait laissée à Léodgard, Arnoldy
formait dans son cœur le désir de
ne pas laisser sortir de ses mains
le brillant héritage que devait pos-
séder le jeune comte. Un hymen
avec Olympia satisfaisait à la fois
sa haine contre moi et son ambition.

Léodgard et la belle Olympia le
refusèrent également et avec la
même fermeté. Quel était le prin-
cipe de leur conduite? Le même
motif, l'amour !!!

Léodgard aimait ma fille comme
on aime une première fois et dans
le premier âge; la fille du duc de
Mandoff aimait aussi, était sûre

d'être aimée, n'en était que plus
malheureuse; car elle ne pouvait,
malgré la folie d'une passion violente, se faire aucune chimère : le
prince royal, en l'adorant, devait-
il placer sur les premières marches
du trône la fille du duc de Mandoff?
Olympia sentait que non, voulait
mourir, et n'avait pas la force de
vaincre un amour né avec elle, qui
devait causer sa perte et ma ruine.

Sages par principes, prudens par
nécessité, favorisés dans leurs
entrevues par mes continuelles relations avec le duc de Mandoff,
le prince et la belle Olympia s'y
conduisirent de manière à n'exciter
aucun soupçon, et rien ne put ni
ne dut alarmer mon inquiète vigi-
lance. Heureux, comme le dit si
bien notre immortel Pétrarque, du
seul bonheur d'aimer, la vertu

habitait toujours dans leur cœur,
et si la prudence et la raison en
étaient bannis, le devoir, ainsi que
l'honneur, ne l'avait pas abondonné.

Cependant il arrivait à grands
pas l'instant fatal qui allait amener
la perte de l'héritière des ducs de
Mandolf ainsi que la mienne; le
génie de la haine veillait sur nous
et devait charger les passions im-
prudentes de creuser l'abîme destiné à nous engloutir.

L'éducation du prince était entièrement finie; son auguste père
avait eu la bonté de me dire qu'il
était content de mes soins; je pos-
sédais, du moins je le croyais, l'estime et l'amitié de mon royal élève.
L'heure fixée pour l'hymen de ma
fille et de Léodgard venait de sonner. Indifférente sur son sort, Mé-

lica avait promis sans répugnance comme sans enthousiasme , de s'unir au compagnon de son enfance.

Le duc de Mandoff, persuadé , d'après ma conduite envers Léodgard, que je ne changerais jamais d'avis au sujet de son hymen pour ma fille, avait à son tour pris ses mesures pour unir Olympia sans délai au prince de Belmonty.

Les choses ainsi arrangées , le roi m'instruisit qu'après le mariage de ma fille je devais me disposer à me rendre à la cour d'Espagne , pour en ramener la jeune infante destinée à porter un jour la couronne de Naples avec le prince royal.

La confiance de Sa Majesté, la certitude du bonheur prochain de mon auguste élève, et la gloire assurée à notre maison par les bienfaits du roi, tout contribuait à répandre le bonheur dans mon ame.

O instabilité des choses de la vie ! ô faveur trompeuse des cours ! ô ingratitude des hommes !...... Je croyais assurer mon triomphe et j'étais sur les bords d'un abîme ; la fortune ne me souriait que pour me perdre. On m'enviait ses trompeuses faveurs : elles devaient me conduire à l'opprobre, à la ruine, à l'exil !...

Mes fonctions étant terminées auprès de l'héritier du trône, je ne m'occupai plus que des préparatifs de l'hymen de ma fille ; je voulais que cette fête brillante égalât en splendeur celle de notre origine.

La villa Manfrédy ayant été rendue, par les soins du prince Ludovico, une des plus belles et des plus riantes de toutes celles qui environnent Naples, ce fut dans ce magnifique séjour, que l'art et la nature avaient également embelli, que j'élevai pour Mélica le temple de l'amour et le trône de l'hymen heureux. Mais ne me reposant que sur moi de l'exécution de mes plans, j'abandonnai ma famille et mes amis à Naples pour me renfermer à la villa Manfrédy, où je surveillai seul et sans témoin les ouvriers que j'y faisais travailler.

Le soir du troisième jour que j'habitais la villa, un charpentier, en voulant se servir de son marteau, le laissa tomber sur ma tête.

Le coup fut si violent que je restai sur la place sans connaissance. On me prodigua des soins qui me firent revenir à moi, et l'esculape qu'on envoya chercher décida qu'il fallait me tirer du sang.

L'ordonnance fut exécutée avec si peu de mesure que je me trouvai très-faible. J'insiste avec vous, mon cher Gustave, sur cette circonstance, parce qu'elle aurait dû suffire pour me justifier dans l'esprit du prince royal de l'atroce et ridicule accusation qui pensa me coûter la vie.

Revenous à ma déplorable histoire.

Accablé par l'opération que je venais de subir, je m'endormis et ne fus réveillé qu'à huit heures du soir, par mon secrétaire, qui m'ap-

prit que pendant mon sommeil il
était arrivé à la villa Manfrédy une
chaise de poste soigneusement fer-
mée ; qu'une dame voilée en était
descendue conduite par un étranger vêtu en arménien et masqué ;
que la dame avait été conduite par
cet arménien dans le plus bel appartement de la villa, dont il s'était
emparé avec un air de grandeur et
d'autorité qui avait confondu tous
mes gens ; que cet arménien, après
avoir laissé seule sa jeune compagne, avait demandé instamment
par écrit à me voir ; car il refusait
obstinément de parler, ne répon-
dant que par des signes.

Malgré mes souffrances et l'état
de faiblesse dans lequel je me trouvais, le récit de Dominico me parut si absurde et si peu digne de

foi , que je conçus la plus vive curiosité d'éclaircir un fait aussi
étrange.

D'après mon ordre , l'arménien
fut introduit et refusa de se démas-
quer aussi long-tems qu'il ne serait
pas seul avec moi.

───────

## CHAPITRE XIII.

LORSQUE les vœux du prétendu arménien furent exaucés, il jeta loin de lui son masque, sa robe, sa fausse perruque, et je restai confondu en reconnaissant le prince royal.

J'allais parler, il m'en empêcha.

Mon cher Bellozane, me dit-il, ce n'est pas assez d'avoir protégé mon enfance, instruit ma jeunesse et formé mon cœur, il faut encore que vous sauviez ma vie et celle d'Olympia.

Nous nous aimons. L'autorité
du roi, ainsi que celle du duc de
Mandoff, va nous séparer sans retour. Afin de prévenir un malheur
auquel je ne survivrais point, j'ai
résolu d'unir mon sort secrètement
et d'une manière irrévocable à celui d'Olympia. Trop surveillés à la
cour de mon père et dans le palais
du sien, j'ai choisi un asyle dont
vous êtes possesseur pour en faire
le temple de l'hymen. Ne pronon-
cez pas une parole, ne faites pas
une objection ; tout est prévu,
tout est concerté : vous ne pouvez
plus vous opposer à mon plan, et
rien au monde n'aura le pouvoir de
me le faire changer.

Ce soir, à minuit, du çonsente-
ment d'Olympia, et dans votre cha-
pelle, je recevrai sa foi, je lui don-

**

nerai la mienne, et lorsque j'aurai
mis la compagne que mon cœur
adore à l'abri des atteintes de la
fureur du roi, je lui apprendrai qu'il
n'est plus tems de me donner pour
femme la princesse d'Espagne.

Le prince aurait pu parler plus
long-tems ; j'étais glacé par la surprise, la douleur et l'effroi.

Le prince s'en aperçut.

Je vois, dit-il, que vous êtes
consterné ; cependant vous devez
à ma confiance un aveu franc de
la conduite que vous voulez tenir
dans cet instant, qui va décider du
sort de ma vie. Consentez-vous à
seconder les projets de mon amour?

— Plutôt mourir, Monseigneur,
que de vous laisser avilir volon-
tairement la gloire du trône et
celle de votre auguste race.

— Que me dites-vous !

— De prendre la fuite, de quitter ma patrie, pour n'être pas témoin de l'opprobre de mon royal élève et de la douleur de son auguste père !

Le prince royal fut ému; l'aspect de mes larmes, le souvenir de la gloire de ses ancêtres, la crainte d'un long repentir que je mis sous ses yeux allaient l'emporter sur un fol amour; le prince restait grand, restait digne du trône : nous étions tous sauvés. Mais hélas ! à quoi tiennent les résolutions généreuses de l'esclave d'une passion ? La vue du prince se porta sur un bracelet renfermant le portrait voilé d'Olympia ; cette image mystérieuse lui rappela ses sermens et ce qu'il nommait son devoir, et il

s'arracha de mes bras, en me disant : Ce soir à minuit, vous serez
libre; songez qu'il faut que vous
assistiez à mon mariage, ou comme
un tendre père, ou comme un prisonnier d'état qui ne doit recouvrer sa liberté que lorsque je serai
hors des atteintes de ses dénon-
ciations.

En achevant ces mots, le prince
me quitta; je voulus le suivre,
m'échapper, fuir......; j'étais trop
faible, je retombai sans connaissance; j'ignore combien de tems
je passai dans cet état, et ce qui
se fit autour de moi pendant mon
évanouissement; tout ce que je sais,
c'est qu'au moment où je recouvrai
mes sens, je vis sur la table placée
près de moi une lumière, des tablettes et des mets restaurans.

J'étais seul : à qui devais-je ces soins et ces secours ? je l'ignorais. Je pris les tablettes qui pouvaient seules m'en instruire, je les lus; voici ce qu'elles contenaient :

*Les ombres de la nuit favorisent votre fuite, volez à Naples instruire le roi du malheur qui le menace ainsi que la patrie : ce doit être le plus cher de nos vœux ; partez, le plus beau de vos coursiers d'Ibérie est scellé dans la cour du nord; le moment de votre réveil est calculé, celui du mariage aussi : vous avez le tems d'empécher la ruine du prince, celle d'Olympia, la vôtre ; hâtez-vous, les momens sont chers : en remplissant un devoir, vous volez à la gloire, et vous affermissez vos droits à la faveur du souverain au-*

*quel vous conservez sans tache un*
*fils digne de lui.*

Ces avis, qui me semblèrent
dictés par l'honneur le plus sévère, et par la vertu la plus rigide,
me déterminèrent à fuir. Je me le-
vai; mes forces, rétablies par l'usage
des cordiaux placés sur ma table,
secondèrent mes désirs ; les portes
que le prince avait fermées sur lui
à double tour s'ouvrirent devant
moi comme par enchantement ; je
trouvai le coursier d'Ibérie im-
patient de partir, et j'eus bientôt
quitté l'enceinte de la villa Manfrédy.

Si je fusse resté livré à moi-
même, j'aurais été bientôt arrivé
aux portes de Naples ; mais il n'était
pas dans l'intention de l'agent in-
visible qui dirigeait mes pas de me

laisser poursuivre ma route, la fuite
qu'il avait concertée n'ayant pour
but que de me faire paraître coupable aux yeux du prince d'un
attentat énorme. A peine mon absence eût-elle été assez longue pour
donner de la vraisemblance aux
calomnies dont je devais être la
victime, que le prince, aidé par
des avis secrets, s'aperçut de ma
fuite. Deviner mon projet, courir
sur mes traces pour y mettre obstacle, tout cela ne fut pour lui que
l'affaire d'une minute. J'avais trop
d'avance sur lui pour pouvoir re-
tomber entre ses mains, si la même
perfidie qui avait influencé mes dé-
marches n'avait pas aussi présidé
au choix de ma monture : mon
cheval avait une entorse et était
déferré ; l'impatience de partir

m'avait empêché de m'en aperce-
voir. Je n'eus pas fait une demi-
lieue, que je vis bien qu'il fallait
renoncer à l'espérance d'arriver
assez à tems à Naples. Je me ré-
signai, espérant par ma fuite prou-
ver au moins au roi mon innocence : vain espoir..... Le prince,
supérieurement monté, suivi de
trois de ses gentilshommes qui
lui étaient entièrement dévoués,
courut sur mes traces, et n'eut
pas de peine à me rejoindre. N'aper-
cevant pas d'abord le prince, je
voulus me défendre : il se rangea
du côté des assaillans ; je lui remis
mon épée. Le prince la reçut et
s'écria : *Juste ciel, il y a du sang !*

Je racontai l'histoire d'une pa-
lette que la veille le chirurgien
avait renversée maladroitement,

après m'avoir saigné, sur la table sur laquelle étaient posées différentes choses, et entr'autres mon épée, qui en avait été tachée.

Le prince écouta mon récit d'une manière distraite, et m'apprit que j'allais retourner à la villa Manfrédy, où je resterais prisonnier jusqu'après la cérémonie de son mariage; il me parla ensuite d'Olympia, dont il n'était pas content. Sa tristesse, ses larmes, et la résolution qu'elle avait prise et exécutée de rester seule enfermée dans son appartement jusqu'à l'heure fixée pour la cérémonie, toutes ces circonstances agitaient le prince; il était inquiet, malheureux, et commençait à ressentir la première punition d'une conduite coupab'e.

Arrivés à la villa Manfrédy, le

prince, ne pouvant plus résister
à l'envie de voir Olympia, se rendit à son appartement. D'après son
ordre, je l'y accompagnai. Il fut
surpris d'en trouver les portes ouvertes avec violence ; il craignit
une fuite, et me dit à voix basse,
en se tournant vers moi : Malheur
au perfide qui m'aurait ravi Olympia ! Ces courtes paroles, qui semblaient contenir une accusation,
me troublèrent ; j'étais innocent :
je dus paraître coupable. Je suivis
le prince dans l'appartement qu'il
avait choisi lui-même pour Olympia ; c'était celui où la comtesse
de Mandoff, belle, aimable, et à
la fleur de son âge, avait exhalé
le dernier souffle d'une existence
empoisonnée par les passions.
L'image de Constantia, du mal que

je lui avais fait, et de l'ami dont j'avais causé la mort, tous ces souvenirs pesèrent si fortement sur mon cœur trop sensible, qu'une pâleur mortelle se répandit sur mon front, au moment où j'approchai du lieu où ils avaient tant souffert, et où ils avaient cessé tous les deux de souffrir. Le prince, qui était troublé aussi, mais sans motif, remarqua mon agitation; elle servit par la suite à le convaincre du crime dont la haine devait m'accuser.

---

# CHAPITRE XIV.

---

JE touche, ô mon fils ! à l'instant
le plus terrible de mon orageuse
carrière, à celui qui devait faire
succomber l'innocence et triompher le crime ; bientôt toute vicis-
situde sera finie pour moi : la honte
des bourreaux, le dernier supplice,
voilà le sort réservé à l'élève du
prince Manfrédy, et à l'instituteur
de l'héritier d'un vaste empire. Le
triomphe de la haine et de la jalousie approche ; déjà ma gloire est

flétrie par le soupçon ; encore un pas dans l'asyle funèbre des victimes de mes passions, et leur mort va être vengée.

Le prince, comme s'il eût eu un pressentiment de ce qui l'attendait dans cet appartement funeste, hâtait sa course, et pourtant chancelait en marchant. Arrivé près du lit où il doit supposer que repose l'innocence sous la garde de la vertu, le prince s'arrête : il tremble, il est ému ; cependant l'horloge sonne d'une manière lugubre ; c'est à cette même heure que, dans la forteresse de Manfrédonnia, je plongeai un fer homicide dans le sein de mon ami ; c'est à cette même heure que Constantia reçut l'atteinte du coup mortel qui la fit expirer dans ces mêmes lieux, où je n'étais pas re-

venu depuis son trépas. Ce souvenir, ces images, l'épouvante qui
règne dans mon cœur, la faiblesse
de mes organes fatigués par tant
d'assauts, tout porte la conviction
dans l'ame du prince; le silence
qui règne autour de nous lui fait
pressentir un crime; l'état où il me
voit lui en découvre l'auteur.

Ne pouvant résister à son incertitude cruelle, le prince ouvre les
rideaux. Ciel! ô ciel! puissance protectrice de la vertu, où étiez-vous
au moment où le crime le plus
épouvantable se commettait ? Un
corps sanglant, défiguré, privé de
vie, méconnaissable à l'œil même
de la passion la plus tendre, voilà
en apparence tout ce qui reste
d'Olympia, et le seul objet qui
frappe les regards de son amant !

Saisi d'horreur et d'effroi, le prince tombe presque sans mouvement dans les bras de ceux qui l'entourent ; mais bientôt, rappelé au souvenir de son existence par le sentiment même de la perte qu'il a faite, il se relève, se précipite sur le corps inanimé qui est devant ses yeux. Tout à coup il frissonne : le cadavre qu'il prend pour celui d'Olympia tient fortement serrée dans une de ses mains une boucle de cheveux ; la couleur, la finesse, la frisure naturelle, tout décèle que cette boucle m'appartient ; une bague est dans l'autre, et ce saphir, donné par le prince, est en ma possession depuis son enfance.

Ces indices, joints à celui de la tache de sang restée sur mon épée, tout révèle, tout persuade au prince

que moi seul j'ai commis le crime
affreux de tremper mes mains dans
le sang de l'innocence. Le prince
le croit, les courtisans l'affirment,
les apparences me condamnent :
je suis prisonnier dans mon propre
domaine, bientôt transféré dans les
prisons de l'inquisition, et jugé sur
la simple accusation du duc de
Mandoff, qui, après avoir fait cons-
tater par l'autorité suprême la dis-
parition de la signora Olympia du
palais de ses pères, et son arrivée,
sous la conduite d'un arménien,
dans la villa Manfrédy, me som-
mait de lui dire ce qu'était devenue
sa fille, sous peine d'être condamné
comme son assassin. Les quarante
jours qui m'avaient été donnés pour
faire reparaître Olympia s'étant
écoulés, et n'ayant pu donner au-

cun indice certain sur son existence, le duc de Mandoff produisit
le cadavre trouvé dans son appartement. La taille, la tournure,
l'âge et les habillemens d'Olympia
semblaient ne laisser aucun doute
que ce ne fût elle qui eût péri chez
moi. Le prince ne parut point au
procès; il ne fut pas question de
l'enlèvement dont il était l'auteur,
et les juges s'imaginèrent que c'était
moi qui avais arraché Olympia
des bras de sa famille pour l'en-
tourer dans mon propre palais des
pièges de la mort.

Quelqu'absurde que fût une telle
accusation, les apparences étaient
contre moi; dire la vérité aurait
affligé le prince, et n'aurait pas convaincu mes juges: j'aimai mieux
me laisser condamner, sans essayer

de me justifier aux dépens de mon
auguste élève.

Le duc de Mandoff, enchanté
de la tournure que mon extrême
générosité donnait à cette affaire,
la poursuivit avec tant de rigueur
que je fus bientôt jugé, condamné.
Le seul adoucissement que le roi
apporta à mon arrêt, ce fut de
permettre que l'exécution s'en fît
dans l'intérieur de la prison, et
que la confiscation de mes biens
fût adjugée à ma fille à l'époque
de sa majorité. En attendant, on
lui nomma un tuteur d'office, et
ce tuteur, ce fut le bourreau de
son père, le duc de Mandoff......
La cour du reste ordonna de sur-
seoir, jusqu'à plus ample informer,
au mariage de Mélica et de Léodgard, comme si ma fille eût pu

encore songer aux fête de l'hymen sous l'échafaud de son père.

Indigné de ce qu'on appelait la
justice des hommes, je me pré-
parai à mourir. Déjà mon ame ne
tenait plus à la terre que par un
seul lien ; car je savais que ma
douce compagne, la mère de mon
enfant, était morte subitement de
douleur et d'effroi en apprenant
l'arrêt qui flétrissait son époux ; il
n'y avait donc que l'image seule
de ma fille qui pût glacer mon
courage en présentant ma tête aux
bourreaux. Je priai pour elle , pour
moi le seul ami qui ne trompe ni
n'abandonne jamais le malheureux,
et je sentis que le ciel avait exaucé
mon humble prière.

La veille du jour qui devait
éclairer mon supplice, je vis en-

trer le soir dans mon cachot deux inquisiteurs, qui me firent signe de les suivre en silence. J'obéis, croyant qu'il importait au succès des plans de mon ennemi de m'arracher la vie quelques heures plus tôt. Arrivé à la porte des cachots de l'inquisition, mes guides me bandèrent les yeux, me firent faire beaucoup de tours et de détours. Enfin ils s'arrêtèrent. Une porte s'ouvrit; je montai des marches, je crus que c'étaient celles d'un échafaud, tant mon imagination était frappée. On me pousse; j'entre, mon voile tombe, et je me trouve seul en face de mon royal élève, dans ce cabinet d'études où, pendant si long-tems, je lui donnai, en face de l'image de celui qui juge les rois, des leçons de vertu, de douceur, d'humanité, d'empire sur lui-même.

Le prince était pâle, baigné de larmes, ses sanglots seuls rompaient le silence qui régnait entre nous.

Enfin, le prince, faisant un effort pour parler, me dit en détournant la tête : Cruel Bellozane, vous m'avez ravi tout ce que j'avais de plus cher au monde, et je devrais venger dans votre sang le sang d'Olympia versé d'une manière si barbare ; mais je ne puis oublier qu'au moment même où le plus grand péril menaçait vos jours, vous avez résisté à la dangereuse séduction de conjurer l'orage en révélant le secret confié à votre foi : un seul mot de vous, peut-être sau-

viez-vous votre honneur en ternis-
sant le mien; vous ne l'avez pas dit;
c'est à moi à vous en récompen-
ser : voilà un sauf-conduit, de l'or;
Mélica est prévenue, et vous attend
chez l'écuyer Wasky. Partez avec
elle et avec cet ami zélé, le seul
hélas ! qui vous reste sur la terre;
il a ordre de vous conduire dans
une retraite ignorée; soyez mort
pour tout le monde, et sur-tout
évitez avec soin que le duc de
Mandoff découvre jamais que le
zèle vous ait dérobé au glaive des
lois, car il poursuivra jusqu'au
dernier jour de votre vie, dans le
sang du duc de Bellozane, la vengeance du sang d'Olympia, et, fus-
sé-je roi à cette époque, mon
pouvoir, balancé même par celui de

l'inquisition, ne pourrait vous sauver.

En achevant ces mots, le prince
me fit signe de m'éloigner ; je tom-
bai à ses pieds, je voulus arroser
des larmes de la reconnaissance
la main généreuse qui avait brisé
mes fers; le prince fit un geste d'horreur, prononça le nom d'Olympia
et disparut.

Mes deux guides revinrent : ils
n'étaient plus masqués ; je reconnus Wasky et son frère. Ils me
conduisirent dans l'asyle obscur où
gémissait ma fille ; je serrai contre
mon sein brisé de douleur le seul
gage de paix et de bonheur que le
ciel m'eût laissé. Nous partîmes
pour le Montanvert, où je trouvai une cabane solitaire, quelques
chèvres capricieuses, et les trésors

qui suffisent aux véritables besoins de l'homme raisonnable.

Wasky m'instruisit à mesure des changemens arrivés dans la cour de Naples. Le vieux roi mourut subitement; on trouva dans ses papiers des avis à son successeur : il y en avait un assez singulier; il était conçu en ces termes:

*Je prie mon fils, aussitôt qu'il sera roi, de se marier le plus tôt possible à l'infante d'Espagne, de nommer le duc de Mondoff ministre, et jurer entre les mains de ce seigneur que quelles que soient les actions ou les délits qu'il ait pu commettre pendant le dernier règne, le roi promet de ne jamais souffrir qu'il soit mis en jugement, ni condamne pour icelles, n'ayant rien fait ni entrepris que par le commandement du défunt roi.*

## CHAPITRE XV.

LORSQUE Wasky me fit connaître la teneur de la promesse exigée par le feu roi de son successeur, je crus y voir la confirmation de la mort d'Olympia.

Nouvelle Inès, me disais-je, la politique l'aura assassinée comme l'amante de dom Pèdre, et, plus à plaindre encore, il est à présumer qu'esclave de l'ambition, le cruel Arnoldy aura plongé ses mains dans son propre sang.....

Le nouveau roi ne vit ou ne

**

voulut voir dans cette promesse
qu'un pardon accordé à des af-
faires politiques mal conçues et
mal dirigées. Le duc de Mandoff
fut ministre, se rendit nécessaire,
devint cher à son maître, et n'en
perdit pas pour cela l'inquiétude
que lui causait l'incertitude de mon
sort. La difficulté de pouvoir se
procurer des renseignemens sur
mon existence, l'engagea à s'exposer au danger de poursuivre
plutôt un vain fantôme que de courir le risque de croire faussement
à ma mort. Par son ordre, Wasky,
dépouillé de ses biens, proscrit et
malheureux, n'eut plus d'autre ressource que d'entrer à votre service, mon cher comte. Il fit la
faute de continuer à m'écrire au
Montanvert. Quoique ses lettres

fussent insignifiantes, elles éveillèrent les soupçons du cruel Arnoldy : vous savez le reste, ou du moins tous les détails parvenus à ma connaissance ; car j'ignore encore comment Olympia a été renfermée au château d'Arnoldy, et par quelle triste aventure Léodgard y a trouvé un tombeau.

Je ne puis, répondit Gustave, jeter un plus grand jour sur cette mystérieuse affaire. Je vous ai donné les seuls détails qui soient parvenus à ma connaissance. Hélas ! je vois avec douleur qu'ils ne vous ont pas inspiré de confiance en moi, puisque vous refusez de consentir à m'unir à votre adorable fille avant mon départ pour l'Italie. Cependant ne serait-il pas plus naturel que ce fût à l'époux de

Mélica qu'appartînt la gloire de défendre l'honneur de son père, qui sera devenu le sien? Léodgard n'est plus ; Olympia est retrouvée. En la rendant au monde qui la pleure, je renverse l'édifice monstrueux élevé par l'ennemi de la vertu encore plus que le vôtre ; je rends à votre innocence l'éclat et la pureté dont elle brillait jadis ; je vous fais retrouver une patrie, une famille et l'honneur : croyez-vous que vous puissiez encore différer de m'accorder le seul bien auquel mon cœur aspire ?

Non, répondit le comte de Bellozane ; soyez le tendre époux de Mélica, le courageux protecteur de son père, et le noble défenseur de nos droits.

En entendant ces douces paroles,

Gustave , transporté de joie , se précipita aux pieds de son amante. Mademoiselle de Bellozane, émue du spectacle de tant d'amour , oublia pour un instant ses craintes sinistres , ses angoisses déchirantes, et cette atteinte mortelle qui venait de blesser son ame d'un trait inattendu ; elle ne songea qu'au bonheur d'être aimée si tendrement de l'homme qu'elle adorait.

Le comte de Norlis, transporté de joie et d'ivresse, ne pouvait croire au bonheur prochain qui s'offrait à ses regards. Malgré lui le terrible refus de la veille venait oppresser son cœur, et il ne pouvait concevoir le changement rapide qui s'était opéré dans la volonté d'un homme aussi absolu que le

duc de Bellozane. Gustave, crai-
gnait un réveil funeste à la suite
du songe riant qui l'amusait : il
avait raison...... C'était à une
circonstance très-extraordinaire,
dont le fier Anastasio n'avait été
instruit que quelques heures avant
l'arrivée de Gustave au pavillon
de la forêt, que celui-ci avait dû le
changement arrivé à son sort.

La nouvelle que le proscrit napolitain avait apprise, en boulever-
sant ses idées, l'avait rendu favo-
rable aux vœux de Mélica.

Douce victime du malheur !
femme trop sensible ! garde-toi
d'ouvrir ton ame aux rayons de
l'espérance ; le repos fuit, la douleur approche. Pauvre Mélica! c'est
en vain que tu te hâtes pour échapper à ton sort; il est écrit en lettres
funèbres dans le livre de ta des-

tinée actuelle, que le bonheur ne doit pas être ton partage....

M. de Norlis, qui n'a point lu ce livre mystérieux fermé aux regards des mortels, quitte avec joie le pavillon et ses amis, pour hâter les préparatifs d'un hymen objet de tous ses vœux.

La fête sera simple comme la vertu, modeste comme la situation actuelle de Mélica, et religieuse comme le cœur des deux époux. L'hymen ne doit pas s'y montrer en maître sévère, ni l'amour en enfant volage; les danses des bergères et le chant des instrumens ne rappèleront pas l'image du plaisir fugitif, mais le concert des bénédictions du pauvre soulagé, la vue de l'abondance répandue partout, et des chaumières ouvertes à l'indigent privé d'asyle, doivent révéler aux habitans du hameau que le jour du bonheur pour Gustave sera aussi un jour de félicité pour tout le monde.

Déjà, grâce aux soins du comte de Norlis, tout se prépare dans le château de Vernoix pour y recevoir sa future compagne. Dans des terrains incultes et sauvages que la charrue de l'homme ne fertilisa jamais, s'élève rapidement le toit modeste qui suffira aux vœux d'une famille agricole. Ce hameau champêtre portera le nom de Mélica. Souveraine d'un peuple reconnaissant qui devra son bonheur à l'amour qu'elle inspira au comte de Norlis, il songe avec délice que mademoiselle de Bellozane viendra souvent y exercer l'empire de la bienfaisance, le seul qu'une femme devrait ambitionner , parce que c'est le seul qui convienne à ce sexe faible , délicat, sensible, que la nature organisa seulement pour sentir, plaindre et soulager la douleur.

Par les ordres de Gustave, la terre, comme par enchantement, se couvre de fruits délicieux, et la guirlande de Flore entoure la corbeille de Pomone ; rien n'échappe aux soins de M. de Norlis ; tout répond à ses vœux , et ses vœux satisfont tous les désirs que peut concevoir le cœur de Mélica. Son amant veut l'enivrer de bonheur sans qu'elle soit obligée de lui en témoigner sa reconnaissance ; le hasard paraîtra avoir tout fait, et la nature tout prévu.

Tandis que le goût le plus exquis, le sentiment le plus délicat et l'amour le plus tendre veillent aux préparatifs de la fête de l'hymen, M.<sup>lle</sup> de Bellozane, qui ne peut oublier l'avis funeste qu'elle a reçu, se livre aux plus tristes pressentimens. Sombre et rêveuse, elle ne peut croire au bonheur qui, en apparence, va être bientôt son partage, et ce n'est qu'en frémissant que l'infortunée compte les heures qui s'écoulent.

Oh! comme elles lui paraissent lentes à sonner! Que ne donnerait-elle pas pour hâter la course du tems, ou pour avancer la fête de l'hymen? Est-ce donc le plaisir qu'appèle la sage Mélica? Non; c'est la douleur et le sort le plus affreux qu'elle veut fuir. Enfant de la pros-

cription et du malheur, Mélica sait
que la coupe d'amertume qui lui
est réservée en partage n'est pas
encore épuisée ; elle voit l'ange des
tribulations qui s'avance vers elle ,
tenant à la main cette coupe fatale,
dans laquelle boit tour à tour chaque
convive du banquet de la vie ; les
ailes funèbres du messager céleste
se déploient sur l'autel de l'hymen,
qu'entourent des guirlandes de
fleurs ; l'autel soudain se change
en tombeau et les fleurs en cy-
près.

Le duc de Bellozane, plus am-
bitieux que tendre, ne partageait
point ces douloureuses craintes ; il
avait fait à Mélica le sacrifice, pour
la soustraire au malheur qu'elle re-
doutait, de conclure son mariage
avec le comte de Norlis avant de

s'occuper du soin de recouvrer sa gloire, et le duc de Bellozane croyait avoir suffisamment rempli ses devoirs envers sa fille ; du reste il était bien décidé à laisser agir la destinée de Mélica. De quelque manière qu'elle se prononçât, le sort de son ambition ne pouvait plus être que brillant. Le roi, instruit par le retour d'Olympia de la fausseté de ses soupçons, lui rendrait son estime et sa confiance ; la noire jalousie du duc de Mandoff serait découverte, si elle ne pouvait être punie, et l'image de l'orgueil de son persécuteur cruellement humilié, satisfaisait celui du duc de Bellozane.

Tandis que mes héros se livrent ainsi aux différens sentimens qui les occupent, hâtons-nous de dérouler devant eux la série des événemens dont ils vont être les tristes témoins ou les déplorables victimes.

Ames tendres, ames sensibles, qui avez daigné vous intéresser jusqu'à présent au sort de Mélica, plus que jamais l'infortunée va se montrer digne de fixer vos regards, et plus que jamais aussi elle aura besoin de votre douce pitié.

FIN DU SECOND VOLUME.

www.ingramcontent.com/pod-product-compliance
Lightning Source LLC
Chambersburg PA
CBHW051128260626
47170CB00005B/1722